家正国兴话裴氏

杨占平◎主编

山西出版传媒集团
北岳文艺出版社
·太原

图书在版编目(CIP)数据

家正国兴话裴氏 / 杨占平主编. — 太原:北岳文艺出版社, 2023.12
(山西廉政文化丛书 / 邢利民, 李骏虎主编)
ISBN 978-7-5378-6768-9

Ⅰ.①家… Ⅱ.①杨… Ⅲ.①传记文学—中国—当代 Ⅳ.①I25

中国国家版本馆CIP数据核字(2023)第149966号

家正国兴话裴氏

杨占平 / 主编

//

出品人
郭文礼

选题策划
王朝军　赵　婷

责任编辑
王国柱

助理编辑
金国安

书籍设计
张永文

印装监制
郭　勇

出版发行:山西出版传媒集团·北岳文艺出版社
地址:山西省太原市并州南路57号　邮编:030012
电话:0351-5628696(发行部)　0351-5628688(总编室)
传真:0351-5628680
经销商:新华书店
印刷装订:山西基因包装印刷科技股份有限公司

开本:787mm×1092mm　1/16
字数:214千字
印张:20
插页:10
版次:2023年12月第1版
印次:2024年1月山西第2次印刷
书号:ISBN 978-7-5378-6768-9
定价:48.00元

《山西廉政文化丛书》编委会

目录

第一话　家训与家戒 …………………………………………………………1

第一节　“家训”润无声 ……………………………………………………5

第二节　“家戒”醒后人 ……………………………………………………10

第二话　贤相成功的密码 ……………………………………………………15

第一节　裴氏兴盛的基因：俭以养德，廉洁自律 …………………………17

第二节　从“独立使君”的偶像，看裴氏家风的传承 ……………………23

第三节　裴度干干净净的“朋友圈” ………………………………………29

第四节　好家风于细微处筑起防火墙 ………………………………………34

第五节　心怀百姓公而无私，裴耀卿的为政之道 …………………………39

第六节　清风凛然，大公无私——裴氏宰相的人才观 ……………………44

第七节　人生何事须聚蓄——裴氏先贤的财富观 …………………………48

第八节　裴矩“佞于隋而诤于唐”的启示 …………………………………53

第三话　谦恭世家出英才 ……………………………………………………61

第一节　谨身节用，谦虚自牧的裴徽 ……………………………………63

第二节　立志向善，做贤子孙的裴邃 ……………………………………70

第三节　厚德载福，昭若日星的裴漼 ……………………………………77

第四节　重道尊师，祭祀礼存的裴再兴、裴泰 …………………………83

第五节　直臣虽善，发言有章的裴绍宗 …………………………………88

第六节　文治武功，以德辅仁的裴希度 …………………………………93

第七节　宦海浮沉，留心错失的裴徫度 …………………………………99

第八节　尽心政务，鞠躬尽瘁的裴宗锡 ………………………………107

第四话　满门才子闻天下 ……………………………………………………115

第一节　“制图六体”学说之裴秀 ………………………………………117

第二节　玉人裴楷 ……………………………………………………………124

第三节　史学大家裴松之 ……………………………………………………132

第四节　北魏才子裴敬宪 ……………………………………………………138

第五节　诗酒才情裴伯茂 ……………………………………………………143

第六节　律法专家裴政 ………………………………………………………149

第七节　书画鉴赏家裴孝源 …………………………………………………154

第八节　传奇文学的鼻祖裴铏 ………………………………………………159

第九节　热衷教育的裴元长 …………………………………………………166

第十节　知书识礼的裴衮 ……………………………………………………171

第五话　舍生取义多名将 ……………………………………………175
第一节　东汉名将裴岑 ……………………………………………177
第二节　戡乱功臣裴茂 ……………………………………………182
第三节　一世之美士裴潜 …………………………………………187
第四节　善辩斗士裴英起 …………………………………………193
第五节　三军勇士裴果 ……………………………………………198
第六节　保土守疆忠臣裴鸿 ………………………………………204
第七节　驰骋南北裴叔业 …………………………………………210
第八节　用明逆顺裴虔通 …………………………………………215
第九节　出将入相裴行俭 …………………………………………221
第十节　仁至义尽裴羽 ……………………………………………227
第十一节　知人善任裴坚 …………………………………………231
第十二节　忠直能臣裴庄 …………………………………………236
第十三节　执法如山裴琏 …………………………………………240
第六话　传奇故事世代传 ………………………………………245
第一节　悠然乡贤裴安祖 …………………………………………247
第二节　宦海沉浮一老臣裴佗 ……………………………………253
第三节　俭以养廉好做官的裴文举…………………………………260
第四节　心如晋水清的裴宽 ………………………………………265
第五节　视民为父母的裴怀古 ……………………………………271
第六节　颠沛流离，大难不死的裴伷先……………………………276

第七节　乱世良臣裴谞……………………………………………………282
第八节　英年早逝的才子唐朝裴济………………………………………287
第九节　一片忧伤到天涯的诗人裴夷直…………………………………291
第十节　命运多舛的裴说…………………………………………………296
第十一节　精忠之节传千古的裴约………………………………………301
第十二节　裴志灏甘愿“丢官”…………………………………………306

裴氏

【第一话 家训与家戒】

山西省闻喜县裴氏家族源远流长。据金大定十一年编写的《裴氏世谱》记载，闻喜裴氏最早出自有熊氏，是伯益之后，与秦氏同祖。裴氏先人曾经辅殷伐桀，辅周伐纣，累世有功，秦封“城”。周僖王时，非子六世孙陵，更“邑”从“衣”，因以为氏，开始有裴姓。其裔孙裴晔，东汉永建初年，仰观星辰，俯察地理，合族迁居河东闻喜裴柏村，以此为发祥根基。

到两晋时期，裴氏人丁繁衍旺盛，遍布全国，并逐渐分为三大支：世居山西河东闻喜故地者为中眷裴；居于长安与凉州一带者叫西眷裴；居于幽燕、襄阳一带者叫东眷裴。后来又有洗马川裴与南来吴裴，总称“三支五房”。宋代以后，裴氏子孙几乎遍布天下，省外如陕西、河南、甘肃、河北、湖南、湖北、江西、江苏、安徽、四川、广东甚至台湾及南洋等地，均有裴氏后裔踪迹。仅山西省南部的河东大地，裴氏就分为“八裴十二族”。尽管裴氏支派繁多，但不论何方何地裴氏后裔，细考其谱系源流，追其本末出处，大都出自三眷之后，发端于闻喜裴柏村，故有“天下无二裴”之说。

裴氏家族自古为三晋望族，也是中国历史上声势显赫的名门巨族。“自秦汉以来，历六朝而盛，至隋唐而盛极，五代以后，余芳犹存。在上下二千余年间，豪杰俊迈，名卿贤相，摩肩接踵，辉耀前史，茂郁如林，代有伟人，彪炳史册。”裴氏家族人物之盛，德业文章之隆，在中外历史上堪称绝无仅有。

裴氏家族公侯一门，冠裳不绝，正史立传与载列者六百余人，名垂后世者不下千余人，总计大小官员三千余人。据《裴谱·官爵》记载，在这上下两千余年间，裴氏家族先后出过宰相五十九人，大将军五十九人，中书侍郎十四人，尚书五十五人，侍郎四十四人，常侍十一人，御史十一人，使节二十五人，刺史、太守二百八十七人，太守以下不计其数。另外，得到王室爵封的有八十九人，进士六十八人，状元二人，贤良七人，辟举六十五人。因裴氏多次与皇室联姻，出过皇后、太子妃、王妃、驸马等三十余人。真是人才辈出，代有英贤，灿若群星，影响深远。

第一节　“家训”润无声

《河东裴氏家训》

裴氏的家规家训很多，但就《河东裴氏家训》而言，主要包括四个大的方面，即“重教务学、崇文尚武、德业并举、廉洁自律”，共十二条，是要求裴氏子弟“必须这么做”，绝不能打任何折扣。

第一条　敬奉祖先：慎终追远，木本水源。生事死葬，祭祀礼存。立志向善，做贤子孙。贻谋燕翼，勿忘祖恩。

第二条　孝顺父母：父母恩德，同比昊天。人生百行，孝顺为先。跪乳反哺，物类犹然。况人最灵，孺慕勿迁。

第三条　友爱兄弟：世间难得，莫如兄弟。连气分形，友恭以礼。同心同德，团结一体。姜被田荆，怡怡后启。

第四条　协和宗族：曰宗曰族，一脉相传。勿事纷争，和谐齐贤。尊卑长幼，伦理秩然。远近亲疏，裕后光前。

第五条　敦睦邻里：同村共井，居有德邻。相维相恤，友助和春。勿生嫌隙，有礼彬彬。基层良风，家国亲仁。

第六条　立身谨厚：谨身节用，明刊孝经。武侯谨慎，昭若日星。厚德载福，宽让能宁。谦虚自牧，喜怒不形。

第七条　居家勤俭：勤能补拙，俭以养廉。丰家裕国，莫此为先。颓惰奢靡，祸害无边。惜时爱物，居安乐天。

第八条　严教子孙：家庭教育，立人丕基。诲尔谆谆，性乃不移。谨信泛爱，重道尊师。传子一经，金玉薄之。

第九条　读书明德：人不读书，马牛襟裾。学而时习，其乐有余。一技专长，生计无虞。立达希贤，典型规模。

第十条　惇厚戚朋：朋友五伦，以德辅仁。益友损友，择游宜珍。戚党姻亲，和洽如春。岁时伏腊，晋接礼宾。

第十一条　慎重言语：一言兴邦，一言丧邦。圭玷可磨，言玷永伤。驷不及舌，语出须防。少说寡祸，发言有章。

第十二条　讲求公德：置身社会，公德第一。爱惜公物，遵守序秩。时时警惕，留心错失。祛除自私，免贻人疾。

解读

第一条：父母健在时要好好侍奉，去世后也要慎重地办理他们的丧事，一切都要依据祭祀的礼仪来办，并虔诚地祭祀远代祖先，一心向善，做一个贤良的子孙，使后代安定，不要忘记祖先的恩德。

第二条：俗话说“百善孝为先”，孝道是中国古代社会的基本道德规范。父母给予你的恩德和上天的恩德差不多。一个人一生中那么多种行为，孝顺应该排在第一位，羊羔跪乳，乌鸦反哺，动物都能做到这样，何况是世间最有灵性的人，要给孩子立下榜样，不要轻易改变。

第三条：人世间最难得的感情，莫过于兄弟了，他们是同一个母亲所生，形体各异而气息相通的人。在一个大家庭里，要做到兄友弟恭，同心同德，紧密团结，就像汉代姜肱兄弟一样，得到后人赞扬。

第四条：同宗同族，都是一脉相传的，遇事不要起纷争，要和谐共处，向贤者看齐。尊卑长幼，伦理秩序要分明。远近亲疏，引导后人光大前人的功业。

第五条：远亲不如近邻，同在一村共饮一井之水，居住要以有道德的人为邻。相互体恤，友爱互助，和睦相处。不要因猜疑或不满而产生仇恨和隔阂，要讲究礼节。在基层形成良好的风尚，家族和国家都亲近讲仁义之人。

第六条：“谨身节用”，这个词出自《孝经》，像诸葛武侯，一生谨慎，但是其丰功伟业却如日月星辰一般，人人都能看见。有道德的人能够承载更多的幸福，宽厚谦让的人心灵能够得到安宁。做人要谦虚谨慎，修身养性，不要把喜怒表现在脸上。

第七条：勤奋能够弥补不足，节俭可以培养廉洁的作风。正是这一条家训，使得裴氏族人历史上出现了那么多的清官廉吏。家庭殷实，国家富裕，无不把勤俭放在前面。懒惰奢靡，祸害无穷。要珍惜时间，爱护家物，居安思危，乐天知命。

第八条：家庭教育，是人才成长的基础。与现代很多家庭一样，裴氏家族也非常注重对子孙的教育。教诲不倦，坚持不懈。教育子孙在一切日常生活中的行为要小心谨慎，言语要讲信用，和大众相处要平等博爱，重视道德的培养，让他们尊敬师长。给子孙多留传一些经典书籍，少留一些钱财。

第九条：人如果不读书，就和马牛一样不懂得礼节。学习的时候要经常温习，其乐无穷。人要有一技之长，生计就没有顾虑。向社会贤达看齐，争做典范楷模。重视教育，是裴氏家族能够多年兴盛的原因。

第十条：朋友之间的伦理关系，应讲求品德和仁爱。好朋友和坏朋友，在相处时应谨慎选择，互相珍惜。亲戚朋友，如春天一样和睦相处。一年四季，接见宾客要以礼相待。

第十一条：说话一定要考虑周到，如果说好一句很有意义的话，可以起到治国安邦的作用；反之，如果说错一句话，可能会影响到国家利益。每个人会有一些缺点，都能改变，说出的错话会永远被人记住。一句话说出来再也无法收回，所以，一定要防止出错。要尽量少说不必要的话，必须发言时一定要有章法。

第十二条：在社会生活中，做人做事都要讲究公德第一的原则。对于公共物品一定要爱护，不能事不关己就不管不问；要遵守纪律和规定。在公共场所，要时刻注意保持情绪稳定，绝不能犯低级错误。要避免自私自利倾向，免得给别人留下话柄。

第二节　“家戒”醒后人

《河东裴氏家戒》

《河东裴氏家戒》共十条，它有十个“毋”，同《河东裴氏家训》一样，是要求裴氏子弟“不能这么做”，绝不能打任何折扣。

第一条　毋忤尊亲：《孝经》云：“夫孝，天之经也，地之义也，民之行也。”是故子女对父母长辈，应予孝顺，听从教诲，绝不许有违忤、伤害、遗弃尊亲。

第二条　毋辱祖先：木本水源，慎终追远，乃人伦之基本大道。《诗》云：“毋忘尔祖，聿修厥德。”即常念尔祖，述修其德之谓。故为人子孙者，应修身明德，遵守正道，不敢为非，毋辱其祖先。

第三条　毋重男轻女：天生烝民，本为平等，无分男女贵贱，是以父母长辈，不可有重男轻女之观念。教育、生活，男女一律平等，吾姓女子不得以之嫁人为妾，或溺女婴，抛弃女婴之事。

第四条　毋事赌博：赌博倾家荡产，为害匪浅。长辈须以身作则，绝不可涉足其间。严禁青年后辈沉溺于斯，即使从旁观看，绝不许可，以杜其渐，沾染恶习。

第五条　毋为盗窃：君子固穷，一介不取。廉者不受嗟来食，志士不饮盗之泉。奚肯沦为盗贼，杀人越货之败类。吾姓子孙，须明廉知耻，做堂堂正正之人。

第六条　毋贪色淫：淫嫖败德戕身。奸淫妇女，报应随之。青年纵欲，天机早泄，损其寿算，或罹痼疾，贻害子孙。为官贪色，身败名裂。吾家子孙，允宜切戒。勿纳于邪，非礼是远。

第七条　毋吸烟毒：一般香菸（同烟），百害无益。而况吸食鸦片及有关毒品，为害尤烈。吾家子孙，应予切戒，免戕身心，倾荡家财产业，更罹法网。

第八条　毋酗酒好斗：酒以格神礼宾，饮宜适度。豪饮酗酒，乱性败德，戕身偾事。孟子云："少之时，血气未定，戒之在斗。"是故吾家子孙，力戒酗酒。忍小忿，成大谋，行大勇。切勿亲近恶少败类、寻仇斗狠。

第九条　毋忘本崇洋：近世以还，崇洋泛滥。须知身、家、国、民族为其一体，而不可或分者，亦即人之大本。吾家子孙，不可有忘本崇洋思想行动，如在某种不得已之情况下，而入外国籍，亦须保持吾中华固有之优良风尚习惯、语言、文字及祖宗之渊源。

第十条　毋入帮派：黑社会分子，为害人群。苟入其中，等于陷阱，任其驱使，为非作恶，众所痛恨，法网难容。吾家子孙，对此视同蛇蝎虎狼，应予远之，免遭祸害。

解读

第一条：简而言之，就是不能对父母不好。《孝经》中写道，孝顺父母，是天经地义的事，是做人的准则。子女必须孝顺父母长辈，听从他们的教诲，绝对不能做出违逆、伤害、遗弃父母的事情。家训、家戒中均提到了孝敬父母，可见裴氏对于孝道是非常重视的。

第二条：不要辱没祖先，也就是说不要做有辱家风，让祖先蒙羞的事情。慎重追寻，水有源，木有本，这是人伦的根本。

《诗经》中说：你能不追念你祖父文王的德行？如要追念你祖父文王的德行，你就得先修持你自己的德行，来延续他的德行。也就是说常常怀念你的祖先，讲述和修行他的德行。所以说为人子孙，应该修身明德，遵守正道，不敢为非作歹，不要侮辱祖先。

第三条：不要重男轻女。天下人人平等，不分男女，无论贵贱。作为父母长辈，千万不能有重男轻女的思想，在教育和生活方面，男女要一律平等。裴姓的女子不得嫁给他人作妾，也不可丢弃或溺死女婴。在等级制度森严的封建社会，男尊女卑、重男轻女的现象是很普遍的，但裴氏作为一个大家族，却能要求子孙后代如此做，也是难能可贵的。

第四条：赌博会让人倾家荡产，家风遭损，害处多多。家中长辈要以身作则，绝对不能参与赌博。严禁裴氏族人中的青少年沉溺于此，就连在一旁观看都绝不允许，以防止其慢慢沾染上恶习。

第五条：千万不要盗窃。君子虽然穷，但是不会拿别人的东西。清廉者不会接受侮辱性的施舍，有志之士不会喝偷来的泉水。裴姓子孙要明廉知耻，堂堂正正做人。

第六条：所有裴氏子弟，一定不要贪恋女色，做出嫖娼或奸淫妇女之事。青年人一时把握不住，思淫荡，纵欲伤身，将会终生后悔莫及；成年人染上嫖娼恶习，会家破财亡，一事无成，甚至于影响寿命。

第七条：不可吸食烟土等毒品，毒品危害性极大，有百害而无一利；如果染上这种恶习，肯定是倾家荡产，贻害无穷，祸及子孙，亲戚朋友也要遭殃受害，还可能会触犯法律，受到国家的惩处。

第八条：不要酗酒斗气。适量喝一点酒，有利于身心健康，也是接待宾朋好友的必要礼节；但是，绝不能过度，因为醉酒后是会做出一些败坏道德的事情，耽误工作，还会伤害身体健康。因此，要在有酒的场合，控制自己，适可而止。

第九条：近世以来，崇洋思想泛滥。裴姓人必须知道自身、家庭、国家、民族为一体，密不可分，这是为人处世的根本原则。裴氏子孙，不可有忘本崇洋思想行动，如在某种不得已的情况下，而加入外国籍，也必须保持我中华固有的优良风尚习惯、语言、文字并铭记祖宗之渊源，不能做有损国家的事情。

第十条：社会复杂，经常会有各类帮派、黑社会分子引诱不明真相的人加入其中，危害群众。裴氏子孙如果一不留心成为这些帮派成员，就等于跌入陷阱，就会为非作歹，最终定会受到法律的制裁。因此，裴氏子孙一定要认真判断，坚决远离他们，不做祸害民众之事。

裴氏

【第二话　贤相成功的密码】

第一节　裴氏兴盛的基因：俭以养德，廉洁自律

东汉顺帝刘保永建初年，并州刺史、度辽将军裴晔定居裴柏村后，裴氏家族的兴盛就从这里开始了。裴晔的两个儿子裴羲、裴茂首先成为裴氏家族登上宰相位置的“领头人”。之后，裴茂的儿子裴潜、裴绾又都被拜为宰相，裴潜的儿子裴秀、裴頠又出任宰相。这一时期，裴氏西眷裴羲的孙子裴楷和他的儿

子裴宪也走上了宰相的位置。看来裴柏村真是个风水宝地，自裴羲任相后一发不可收拾，兄弟父子簪缨相连，没有断代空缺，担任宰相的就有八位之多，裴氏家族进入自身发展的第一个高峰。姑且称之为裴氏前后五十九位宰相的“第一方阵”吧。

“第一方阵”之裴潜

“第一方阵”的作用不仅在于奠定了裴氏家族成为名门望族的基础，更为重要的是确立了优秀家风的核心标准。这些宰相们除了优秀的政治才能外，还有一个共同的特征就是为官清廉，克勤克俭。从卑微小吏到位极人臣都始终坚持简朴的生活，俭以养廉伴随一路升迁，逐步形成一种优秀的素质基因，开启了裴氏家族优秀家风家教的传承之路。

被尊为裴氏三祖之一的裴潜就是其中的典型代表。裴潜在政治生涯中先后担任过代郡太守、兖州刺史、荆州刺史等封疆大吏，晚年回到京城担任尚书令、光禄大夫等重要职务。其准确的判断鉴别能力和有勇有谋的军事才能，都有很多的事例，我们暂且不谈，这里只说说他对自己恪守清廉、严格律己的事。

当时，官员的俸禄是十分微薄的，大多数官员都有着沉重的家庭负担，各项花费致使官员负担沉重，心照不宣地接受“灰色”收入成为一种常态，贪腐行径也很常见。而裴潜却以廉洁之名贯穿始终，比起一场战役的胜利，一件了不起的政绩，一辈子坚持简朴，尤其是成为高官贵族后仍然如旧，更是难能可贵。

在建安年间，裴潜因为杰出的军事才能得到曹操器重，升迁频繁，所到之处他都恪尽职守、清正廉明。为了不给当地的百姓增加负担，他“每之官，不将妻子”，就是从不带家眷去享受地方长官的荣耀厚待。他也很少能顾及家中老小，家里因为常常得不到他的钱财，日子过得异常艰难，妻子为了补贴家用不得不靠替别人织藜芘赚取一点微薄的收入。裴潜在山东兖州任刺史时，不想让公家多破费，自己亲手做了一把叫作“胡床”的躺椅，这大概是他唯一奢侈的物品吧。到了卸任离开时，他丝毫没有想要带走这个其实不值一提的“奢侈品”，而是把它挂在了房间的柱子上，留给后任。梁简文帝萧纲以“不学胡威绢，宁挂裴潜床”来警示朝臣；唐代大诗人李白也写诗赞叹道：“去时无一物，东壁挂胡床。”

裴潜因为卓越的政治才干和清廉正气，使得官职不断升迁，从吏部尚书同平章事到被嘉封为清阳亭侯，后来又担任尚书令，位极人臣，严厉俭朴的家风却始终没有变化，“风神高迈，见者肃然起敬”。他的父亲阳吉平侯裴茂，这位“退休”宰相也没有享受什么特殊的待遇，仍然常常坐着寒酸的薄輂行走在京师长安的大街上，让无数追求奢华的官员无地自容。他的几个弟弟出入办事也常常是步行，很少坐车。裴潜就做得更简朴了，甚至有史书记载，他一家大小一天只吃一顿饭。我们不知道史书记载是否准确真实，但起码说明裴潜清廉简朴的生活习惯在当时已经是深入人心了。直到去世，他给自己的最后待遇标准，依然是“简葬”。儿子裴秀遵从父亲的遗训，只在墓穴中放了一个棺材底座，几件瓦器，其余一无所有。“贞侯”的谥号再一次褒奖了裴潜一生清廉、一身正气，让人无比感叹。

裴潜影响深远

良好的品行家风也得到了回报，裴潜的亲身示范，深深影响着裴氏的后人。他的儿子裴秀，由于良好的出身和家教，从小就显示出了过人之处，被称为“后进领袖有裴秀”，后来勋德茂著，一直做到尚书令、左光禄大夫，并且因为对我国古代地图绘制学做出的巨大贡献，被誉为“中国科学制图学之父”，为河东裴氏家族在西晋的迅速崛起起到了极为重要的作用。

晋朝末期，天下已经大乱，司空王浚自领尚书令，任命裴潜的侄子裴宪担任尚书，迫于时局，裴宪勉强答应下来，当时，贪腐盛行，但他始终与父辈们一样严于律己，清廉的名声传播在外。随着王浚统治集团日渐残暴，个人称帝野心日渐暴露，永嘉末年终为石勒所破，一时贪官污吏惊慌失措，忙着前去谢罪行贿，只有裴宪十分淡然地待在家里。石勒派人清查王浚官僚亲属家产时，发现这些人皆到了“赀至巨万”的地步，而查到裴宪家中时，只有区区书本百余帙，盐米各十数斛而已。石勒知道后感叹：“果然名不虚传啊！”

魏晋之后，历经南北朝直到唐代，社会动荡不安，裴氏家族也没有幸免于难，逐渐失去了在西晋的显赫地位。因为奸臣陷害、战死疆场等原因，裴氏后人发展得并不顺利，家族一度走到了低谷。但克勤克俭、廉洁立身的家风祖训已经深深融入了裴氏族人的血液之中，成为这个家族发展不可替代的潜在能量，并且一直在传承和发扬，直到隋唐时期裴氏家族再度兴起，乃至后世始终发挥着巨大的作用。

清廉家风保持兴盛

人们惊叹于裴氏家族公侯将相数以千计，千年望族荣显的时候，总会不由得问询探究这个传奇家族如此兴盛发达的“基因”是什么？廉洁自律应该被奉为根本吧。否则，无论有多大的才能谁愿用你、谁敢用你！裴氏的先贤们也许就是这样想的，如果自己因为劳苦功高而一再放松标准要求，理所当然地贪图享受，怎么会有甘守清廉、艰苦奋进的子孙！没有廉洁自律，岂能让家族一直保持兴盛发达呢！

没有坚持清醒自立、清廉家风的后果是严重的，有反面的例子。唐代开国宰相裴寂是整个唐王朝享受待遇最好的大臣之一，与唐高祖李渊同进御膳，同坐御座，荣华显要自不必说，而他的晚年却是十分的悲惨，最终被流放边远，客死他乡。除了权力斗争的原因外，与他没有俭以养德，引得朝臣嫉恨，想必也是有一定原因的。唐玄宗时期，他的曾孙裴景仙当了武强县令，在任期间索取当地百姓的各类财物高达五千余匹。唐玄宗得知此案后大为震怒，下令要将这个大贪官“集众杖杀”。可见纵使你的家族背景再雄厚、功劳再大，忘记清廉之本终究会害己蒙羞，贻祸后人。按照裴氏家训，裴景仙肯定是进不了裴氏祖茔了，但他的事更坚定了裴氏清廉家风的传承，也算是一个反面教材吧。

廉不言贫、勤不道苦，裴潜等裴氏先祖的立命修身之道，成为裴氏后人学习的楷模，并由此进一步奠定了裴氏家族成为千百年来的名门望族的根基。裴氏家风由此绵延，不断标榜世人。

第二节　从“独立使君”的偶像，看裴氏家风的传承

人们谈起裴氏家风家教故事，肯定会提起一个人，那就是大名鼎鼎的“独立使君”裴侠。裴侠的故事是裴氏家传家训中的经典，千百年来为世人所慨叹，不知做了多少廉吏清官的楷模。然而，裴侠也是有自己的偶像的，他的先祖、三国曹魏时代的清廉宰相裴潜就是他毕生仰慕的人。

榜样的力量无穷

裴侠时时处处认真学习裴潜的为人处世之道，终生以此为榜样，鞭策自己做先祖那样的人。《北史·裴侠传》中说，这位后来既英勇善战又谋略过人的正直廉臣，竟然到了七岁还不会说话，忽一日开口讲话了，很快就表现出“志识聪慧，有异常童”的一面。除了良好的家庭教育、先辈们的典范激励外真的再想不出别的原因了。

北魏正光年间，裴侠被提升为左中郎将，在他准备跟随魏帝西迁时，决定把妻子仍然留在东郡。他的朋友劝他：“天下正乱，为什么不回到妻子身边，慢慢地选择栖身之地呢?”裴侠说：“既食人禄，宁以妻子易图也?”榜样的力量如此，裴侠和他的偶像裴潜终究是做出了一样的选择。

奉公无私，忠于职守的裴侠，从来不缺上司的赏识，依靠才干和品行一路升迁。有一年，他已经做到了河北郡太守，比起以前朝廷给的待遇已经是很好了，有三十名渔夫和猎人负责给他打鱼打猎改善伙食，三十名兵丁供他差遣为他服务，这些前任们都心安理得享受的太守待遇，却让裴侠如坐针毡，他说：“为满足自己的口腹需求去役使别人，我实在不愿意这样做啊!”

于是，裴侠上任第一件改革除弊的事，就是取消了这些待遇。菽、麦、盐菜成为他的日常主食菜单，菽是什么，大豆、大豆叶子；麦是什么，麦粒蒸煮的粗粝难以下咽的饭食；盐菜，咸菜而已。这几样寒酸的东西都是穷人糊口才吃的，可见他治下的老百姓还很贫苦，可见他不愿意优于百姓独自享受的情怀，可见他爱民如子的决心。而节俭下来的费用，裴侠全部用来置买官马，直到马匹成群裴侠又该赴任新的岗位了。走的时候一如来的时候，挥一挥衣袖不带走一片云彩，这样的官员百姓怎能不爱戴！雁过留声，人过留名，裴侠留下的是赞歌："肥鲜不食，丁庸不取。裴公贞惠，为世规矩。"直到今天，歌声犹在感召着后人，始终为世人仰止。

廉洁奉公，勤勉敬业

清廉作风成为裴侠的立身之本，而清慎奉公更使奸吏闻风而泣。裴侠到任户部中大夫后，发现有些看守仓库的官吏监守自盗，侵吞贪污的财物成千累万、触目惊心，于是，果断出手整治，严格查办，只用了短短几十天工夫，就把户部的贪官污吏一网打尽，一时震惊朝野，威名远扬。不久后他转任工部中大夫，有一个替大司空掌管钱物的人叫李贵，听到裴侠要来上任的消息，竟然恐极而泣，有人问他为什么哭泣，他说："我所掌管的公物，很多被我用掉了。裴公以清廉严厉出名，我是逃不过被他治罪责罚了，因为害怕和后悔而哭泣啊！"最后，这位叫李贵的"内鬼"，终于鼓起勇气去找裴侠自首，主动承认贪污钱五百万的事实，表示甘愿领罪。

裴侠的勤勉敬业也是有故事的。有一次他患重病卧床难起，同僚和亲友都很担忧。清晨的时候，他忽然听到谯楼上打五更鼓的声音，一惊之下立即爬起来，对左右的人说："我是不是该到府衙去工作了？"病痛竟然好了许多。

晋公宇文护听后说："裴侠的病如此危重，而不忘忧虑国事，仅仅是听到鼓声疾病便立即痊愈，这是上天在护佑他的勤奋和恪守职责啊！"

裴侠的后代、中兴名相裴度得到了一个极高的赞誉叫"全德始终"，殊不知他的先辈裴侠已经为他做出了表率，做到了"清廉始终"。晚年时，裴侠已是蜚声朝野、身居高位。有一次司空许国公宇文贵、小司空北海公申徽，一起奉旨去裴侠的家探病，惊讶地看到这位朝廷重臣居住的房子竟然走风漏气，无法抵挡霜雪寒冷的侵袭，不由为之震撼而感动不已！回去禀告孝闵帝后，皇帝也非常感叹竟然有大臣如此清贫节俭，下旨要替裴侠盖房子并赏赐良田、奴隶、农具、粮食等，而裴侠得知后都一一谢绝了。

《贞侯潜传》

为了不断激励自己，也让裴氏的子孙后代们学习和仿效先祖，把好的家风传承下去，裴侠撰写了自己的九世伯祖裴潜清廉自守的"事迹材料"——《贞侯潜传》。并定下了"凡贪官污吏者，死后禁入祖茔"的严训。他把文章抄写了许多份，不但要求裴家后代们认真学习，还大量送给宗室贵族中的知名人士，广为宣传。

裴侠的族弟裴伯凤、裴世彦当时都在丞相府任职，笑着对他说：“人生入仕做官，无非是想让生活丰裕，名声显赫，您这样清苦，又是何苦呢?”

裴侠答道：“清廉是做官的根本，节俭是立身的基础。何况我们裴姓是大姓，世世代代都有美誉，所以能被朝廷称道和重用，并流芳于文章册籍。现在我侥幸以平庸的才能蒙受朝廷的殊遇，坚持过清贫的生活，不是希名求誉，而在于自我修省，害怕辱没了祖先，反被世人嘲笑，这又有什么不应该呢!”同为裴氏后人差距如此之大，一番话说得二人自惭形秽，满面羞愧离去。

榜样能做到的裴侠也做到了，而且自己也成长为他人的榜样。有一次裴侠与各郡的太守们一起拜谒大权在握的丞相宇文泰。宇文泰让裴侠单独站在一边，对其他太守说：“裴侠清廉谨慎，奉公守法，堪称天下第一。有谁自认为能比得上他，就站过来吧!”

众人都默然不语，没有人敢答应。自此朝野上下都十分叹服，“独立使君”的美名也流传千古，成为更多人学习效仿的楷模。

裴侠去世后，被赠官太子少师、蒲州刺史，谥号为“贞”；而他的偶像裴潜去世后被追封太常，谥号“贞侯”。历史就是这么奇妙，三百多年后裴氏家族的两位清官廉吏的身后评价就这样巧合了。实际上，裴氏家族得到“贞”字谥号的还有裴良、裴询、裴仲规、裴子野、裴佶、裴遵庆、裴確等，共有九人之多。我们也由此看到了裴氏家风传承的一段段路径，忽隐忽现地显示着裴氏家族上下二千年间，豪杰俊迈、名卿贤相兴盛不绝的传奇密码。

第三节　裴度干干净净的“朋友圈”

裴度，一生经历了唐朝代宗、德宗、顺宗、宪宗、穆宗、敬宗、文宗七朝，史称七朝元老。在宪宗、穆宗、敬宗、文宗四朝任宰相，“威望德业”二十年之久，被赞为唐代宰相之中“推度为首”。不过，要知道即使如此“全德而终”的好宰相也是凡人，也不乏七情六欲，也有个人追求业余喜好，当然也有不少好友知己，讲讲宰相裴度结交朋友的故事也许对后人大有借鉴。

与贤臣挚友相交

安史之乱后的唐帝国积重难返，朝廷气氛很不正常，德宗李适对大臣充满猜忌，派了许多执金吾（率禁兵保卫京城和宫城的官员）暗中活跃于京城的角角落落，大臣们什么举动都会被密报于他，朝中人人自危，以致不敢乱议朝政，更不敢在自己家中会见宾客。一直到宪宗时期裴度辅佐朝政，当时乱臣逆贼尚未诛除，急需要广泛结交奇才能士，共商破贼计谋，裴度于是奏请在宰相私宅接见宾客，宪宗准奏。从此他的家就成了天下贤才俊杰为国家献计出谋的场所。这算是裴度建立的一个工作“朋友圈”吧。

裴度也有个人爱好的朋友圈。他很喜欢诗歌作品，处理公务之暇，常与诗人白居易、韩愈、刘禹锡、张籍等相聚畅谈，放声吟唱，借吟诗、饮酒、弹琴、书法娱乐。当时的名士，都相从交游。每次有名望的人士从东都返回京都，文宗必定首先询问他：“你见到了裴度吗?”

无论在长安还是东都洛阳，裴度的家总会成为文人相聚的中心，心底无私干净正派，无人不敬重。与志趣相投的人在一起，他已不是什么名相，而是普通的朋友。“元和中兴”的出现也带来了继盛唐之后的又一个诗歌巅峰，作为一代名臣中兴宰相裴度，可作为关键人物之一。政治上的光辉并没有掩盖其文学上的成就，《全唐诗》辑其诗十八首，独编为一卷，《全唐文》载其文三十篇，在唐代鼎盛的文学史上留下重重一笔。可谓，集贤臣成就大业，聚挚友也作华章。

跟元稹的故事

裴度也在不断净化着他的朋友圈。说说他和元稹的故事吧。元稹聪明机智过人，早有才名，与白居易同科及第，并共同倡导了新乐府运动，给世人留下“曾经沧海难为水，除却巫山不是云”的千古佳句。

裴度和元稹很早就相识了。元和四年春，元稹奉命出使剑南东川。初登官场，意气风发，一心为民，报效国家，遂大胆劾奏不法官吏，平反许多冤案，得到民众的欢迎和赞誉。这些举动触犯了朝中旧官僚阶层及藩镇集团的利益，很快他们就找个机会将元稹外遣东都洛阳。同一年，裴度也因为“密疏论权幸，语切忤旨”离开京都长安赴任河南府功曹。两人同路前往东都洛阳，都是因为刚正不阿，蔑视权贵，反对宦官被贬，想必一路上两人说了不少痛贬时事惺惺相惜的话。后来，元稹仅仅因为不愿让出馆驿的上房这一件小事，就被宦官仇士良用马鞭抽到鲜血直流。更为冤枉的是，元稹反而被唐宪宗以“元稹轻树威，失宪臣体”为由，贬为江陵士曹参军。此时，仍可见元稹疾恶如仇，宁违圣意，不与污流的刚直品格。

困顿州郡十余年的贬谪生活后，元稹的仕途忽然就特别顺利起来，不断地得到升迁，甚至到了“一日之中，三家新命”的地步，在不到两年的时间内，由一个七品小官攀升至宰相。虽有众多原因，而他违背初衷结交宦官，侥幸得位的行为却终为世人不齿。那个意气风发、一心报国的正直文人再也不见了，而裴度和他的友谊随即再也不见了。裴度甚至冒着很大的政治风险写过一篇著名的《论元稹魏弘简奸状疏》，向皇帝揭发元稹等奸臣的种种劣行，道不同不相为谋，朋友自然也是做不得了。

不与奸佞为伍

宦官专权，是唐代后期政治腐败的重要原因。许多朝臣为了取得皇帝的信任，暗中巴结，在宦官面前低声下气，就连当朝宰相李逢吉，包括著名诗人元稹也是如此。裴度秉公执政，不避权贵，常在一些具体问题上，反对和打击宦官势力。宁受排挤，也坚持不与奸佞为伍！

平定淮西战乱时，裴度力排众议，请命督军，发现一众宦官担任各路讨伐军监军使，这些依仗朝廷之势，不懂装懂的宦官们，对军务之事横加干涉，进退由不得主将。胜利了抢先报功，打败了推卸责任。裴度正直无私的品性在这件事上体现出来了，他丝毫不怕得罪这一权势集团，上书唐宪宗李纯撤销了讨伐淮西各军的宦官监军使。众官兵欢呼雀跃，对裴度心服口服，将领们自然和他推心置腹，以友相待，最终取得了讨伐逆贼、平定淮西的胜利。然而毕竟是得罪了宦官集团，面对部下的担心，裴度坦然道："人无志，非人也。何为志？依我之见，志者，社稷之安，百姓之福也！"个人得失又算得了什么。

昭义之变，宦官刘承偕仗着他是太后的干儿子和皇上对他的宠信犯下重罪，如何处置？朝臣们一个个装聋作哑，不置可否。唯有裴度直言上书："正是陛下任使不明，才致刘承偕乱法如此，为缓解当下危急，应集三军斩之！"并当着穆宗李恒的面怒斥了说情的官员们。其时，宦官势力正盛，裴度的话举座皆惊，暗自感叹其正义和勇气。裴度每一次受排挤、打击，其实都直接、间接地与宦官有关。即便如此，面对有些宦官慑于其威望和影响有意结交，他却始终不卑不亢，拒绝了送上门的有用"朋友"。

古人云："益者三友，损者三友。""君子周而不比，小人比而不周。"每一个人成长和奋斗的路上都会有朋友相伴，结交什么样的朋友一定会左右前行的方向，一定会影响美德的坚持与传承。裴度一生功勋卓著，留下正直廉臣千古美名。他一生慎交友、交良友，团结而不勾结，唯品性才能正义而绝不容忍奸佞小人恶行，始终干干净净的"朋友圈"，值得我们每一个人深思与学习。

第四节　好家风于细微处筑起防火墙

有一句俗语叫“针尖大的眼进斗大的风”。古人有话：“赌道一开，辗转滋甚，鞭靴不已，必及衣裘；衣裘不已，必及币帛；币帛不已，必及车舆；车舆不已，必及金璧。”看到了吧，小节上不拘，将来一定大节难保。蝼蚁之穴，可溃千里之堤就是这个道理。

当小的诱惑找上门来的时候，考验你的时候就到了。有的人会告诫自己“就这一次”，有人会做主张“小事无所谓，大原则我不会变”，有人会自我安慰“大家不都是这样，怕什么”，林林总总有很多的理由怂恿着打开这个针尖大的眼儿，后果可想而知。可是也有很多人会果断拒绝，因为他们所接受的是正确的教育熏陶，明白“小者大之渐，微者著之萌”的道理。裴氏家风就有着这样的作用，如同一种神秘的力量，如同从最初时、从最小处建起的防火墙，护佑着子孙后代们始终心如明镜，不染纤尘，不为小利所动，不为小利所害。

裴宽瘗鹿

让我们重温裴宽瘗鹿的故事吧。唐代名臣裴宽在初任润州参军时，有一个准备求他办事的人送来一些鹿肉，大概是怕他拒绝，放下东西就匆匆离去，家仆喜滋滋地来禀报，裴宽忙问：“谁送的？人呢？”

家仆道：“来人说就一点点的鹿肉，放下就走了。”

裴宽立刻对家仆说：“你把鹿肉拖到后面的菜园里去。”

家仆把鹿肉拖到菜园后，只见裴宽已经挖好了一个土坑。家仆问：“大人这是干什么，大人不吃鹿肉？”

裴宽说：“不是不吃，而是这鹿肉太馋人了，赶快把鹿肉埋了。”

家仆说：“大人，又不是多贵重的东西，既然鹿肉太馋人，埋了多可惜啊。”

裴宽摇摇头说："就是因为太馋人了，我快把持不住了，赶快埋了。"

仆人哪里明白他的意思，认为大人一定是疯掉了，大叹可惜。

此时，刺史韦诜正和家人登楼观景，看到了这一幕，觉得很奇怪，忙问左右才知道是裴宽的家宅。于是把裴宽叫来询问。裴宽对韦诜说："不知是谁给我送来一些鹿肉，虽然不是很贵重，也没有外人看到，也无法归还。可是我不敢自欺欺人，只有马上把它处理了，我才能心安啊"

韦诜说："既然礼物不重，又是如此美味，不把它吃掉岂不可惜?"

裴宽说："欲者，钩也。我发誓不收受贿赂以玷污家门，我怎能违背自己所说的话，自己上钩呢?"正所谓"不敢自欺"。韦诜方才明白裴宽的用意，不由点头称赞。

韦诜越想越觉得能这样做实在值得钦佩，于是对这位"疏瘦而长，形如鹳雀"的属下青眼有加，真正看到了裴宽人性的闪光点，认定他一定前途无量。于是推荐他任按察判官，不久又将自己的爱女许配给裴宽为妻。事实证明，韦诜的眼光不错，裴氏夫妇果然白首偕老。裴宽也一路坚持不敢自欺的原则，不附权贵，忠于职守、清正廉洁、政声卓著。他由蒲州刺史升任太原尹的时候，唐玄宗曾赋诗赠之："德比代云布，心如晋水清。"给了他相当高的评价。良好的家风家教犹如护航利器，陪伴裴宽从小廉吏做到名扬后世的大清官。

裴休、裴坦小节保清廉

晚唐时期一代名相裴休初到长安时，一直保持着低调和朴素的处世和生活习惯，仍身着麻衣，轻车简从。他居住的长安永宁坊还住着几位显赫的邻居，其中一位是金吾将军张直方，是一代名将、兰陵郡王张仲武之子。有一天，裴休登门拜访张直方，受到了热情接待，宴席之丰盛、规格之高使他心里非常不安。虽然第二天张直方在朝中对裴休大加赞赏，但裴休却因此不再登张直方的大门，即使张直方屡次请他赴宴也推辞不去。因为他觉得这样奢侈的场合自己不应该去，张直方的过分赞赏也会给自己带来口舌之祸。一向跋扈的张直方在此事上却表现得非常大度，不但不怪罪裴休，反而主动向朝廷推荐裴休。可见谨言慎行、注重小节总是受人敬佩的。

还有另一位宰相裴坦的故事。当时，裴休已经是宰相，不知道什么原因很看不上裴坦，曾经不顾亲戚的情面拒绝推荐提拔。但是，裴坦后来还是坐到了宰相的职位上，裴氏优良家风依然很好地体现在他身上。唐代晚期，世家大族奢靡成风，裴坦一直保持着清廉俭朴的生活。一天，他去看望新婚的儿子儿媳，新娘子是大官僚杨收的女儿，杨收生活奢靡，爱摆排场的行为早让裴坦深为不满。当他发现陪嫁的物品非常之多，非常奢华，连茶台上用来盛放果品的小盘子都雕刻着鱼和犀牛等精美的图案，大为恼火，呵斥道："你们这样是败坏了我家的门风啊！"说完推倒茶台拂袖而去，并把其他陪嫁都退了回去。后来，杨收果然因接受别人的贿赂被朝廷免去了官职，而裴坦严格自律的事迹被广为传扬。后来，唐昭宗每每听到咸通年间裴坦注重小节、清正廉洁的事情，就会整理好衣冠，起身肃立，以表尊敬。

裴坦的这种家风也得到了很好的传承，后来他的侄子裴贽官至中书侍郎、同中书门下平章事，也当上了宰相。当时已是大唐帝国分崩离析走向灭亡的时期，权宦当道，贪腐成风，唯有裴贽像一股清风行走在朝堂。就连唐昭宗都曾经十分怀疑裴贽只是表面上严谨廉洁而私底下奢靡，可是马上就有人向昭宗说明情况，说裴贽是咸通时大臣裴坦的侄子，很有其叔父的风范，他只是因为把很远的亲戚都聚在一起同住，家里人又多又杂，进出没有节制，所以才显得像个有气势的大户人家。防火墙在这时又起到了很好的保护作用，而这面墙就是裴氏家族传承的优良家风，裴矩、裴贽们都牢记且做到了。

人生处处有诱惑，贪欲者自上钩。积羽沉舟，君子禁微。如果不对别人都觉得无所谓的“小诱惑”警觉严拒，随着职位的升迁，权力的扩大，那些接踵而来的变着花样的“大诱惑”能不能拒绝就很难说了。“一篙松劲退千寻”，任何时候都要严字当头，视小节如大节，一旦突破了“初次”的防线，轻视了小节的重要，一定会门户渐开，脚底不稳，滑向深渊就是迟早的事了。

第五节　心怀百姓公而无私，裴耀卿的为政之道

裴耀卿，史书上称之为盛世名相。为唐王朝开元天宝一代盛世立下了汗马功劳，堪称中流砥柱。

神童成名相

裴耀卿在父亲裴守珍以及裴氏家风的教导熏陶下，五岁就

能提笔著文，八岁神童擢第。良好的家风传统造就了他的正直品格和广阔胸怀，敏而好学也不断增长着他的才干。弱冠授秘书省正字，俄补相王府典籤。当时的相王李旦即位睿宗，裴耀卿被任命为国子监主簿，检校詹事府丞。后历河南府士曹参军，进考功员外郎，除右司、兵部二郎中等多个职位。凭借他超人的才干得到了唐睿宗李旦、唐玄宗李隆基的赏识，历经锤炼也逐渐形成公道正派、爱惜百姓、善理财政、志在荐贤的为政之道，成就了一生建功立业，成为一代名相的传奇仕途。

裴耀卿成为宰相之前，在多个地方担任主要官员。每到一个地方，他都会结合当地的实际情况，为百姓谋福利。开元初年，在唐玄宗的受命下，裴耀卿成为唐朝国都长安令。主政天子脚下，为他施展政治抱负提供了更大的舞台。当时，长安实行的是“配户和市”制度，官府下达征购条令，把需要采购的物品分派给每户。然而购买的价格实际上远远低于市价，有的人家没有官府要的物资只好向富庶的人家购买，贫苦百姓根本负担不起。每到征购之时也成为百姓绝望之日，在官府高压之下不得不借高利贷来应付，京城的奸商们借机大放高利贷捞取厚利，老百姓不堪重负苦不堪言。天子脚下又怎样？多年重症顽疾却没有人敢下猛药治之，也许老百姓的叹息他们听不到吧，还是因为他们的升迁根本不需要百姓的声音。

然而，这绝不是裴耀卿的为政理念，他一到任就高举改革之剑，下令把原来摊派给贫民的任务都转到了富户头上，并且商定好价格，预先付钱，让富户和商户也有合理的利润。民之怨恨迎刃而解，长安百姓无不感激涕零，奸商们悻悻收回了他们的贪婪之手，官府采购也变得方便轻松多了，而且朝中官吏无不心悦诚服。他任长安令两年，百姓得以休养生息，社会秩序井然，一派安居乐业景象。到他离任时，人们依依不舍，十分感念这位敢做会做的清官。

直言谏皇帝

开元十三年，裴耀卿初任济州刺史。这一年，适逢国值“开元盛世”，玄宗前往泰山封禅。陪同的有文武百官、皇亲国戚和外邦客使，队伍浩浩荡荡，风光无限。封禅大典仪仗队前的马队，就以各种颜色的一千匹马作为一个方队，交错排列，远远望去就像彩云绣锦，可见规模阵势之大，盛况奢靡空前。

玄宗皇帝自诩为一代明君，炫耀自己伟大功绩的心态可见一斑。而济州是前往泰山的必经之地，这是多么好的逢迎帝心、歌功颂德的机会啊！然而，裴耀卿却没有更多地惊扰老百姓，献上的礼物仅仅是当地的土特产——柿饼，还特意有点不合时宜地上书玄宗“人或重扰，则不足以告成”，说皇上啊，封禅大典如果太扰民的话，向上天报告国政的成功就不完美了啊！玄宗深感其爱惜百姓心意，称赞道：“不劳人以市恩，真良吏矣！”还说要把这句话作为座右铭，常常警诫自己。可见不唯上、不为私，心系百姓才是君臣世人都能接受遵从的为政理念。

还是封禅这一年秋天，“秋大水，河堤坏决，诸郡有闻，皆俟诏到，莫敢兴役，害既滋甚，功无已时。”泛滥的洪水冲垮了济州以及附近各州的许多堤坝，已经严重威胁到沿岸百姓的生命财产安全。由于治理河道是巨大的工程，责任重大并且审批程序烦琐，沿黄诸州刺史都不敢擅自开工修筑河堤，只是消极等待皇帝诏书。因为规定就是这样的，刺史们都知道没有得到朝廷的批复前就动工有可能会被处罚，如果被别有用心的政敌抓住把柄参劾一本，岂不是大大影响前程。这时，只有裴耀卿毫无顾忌地站了出来，坚定地说：“不动工筑堤，不是至公。”眼看见灾害肆虐却不赶紧制止，这是为政一方“父母官”的应有作为吗！奉公守职的训诫你们都忘记了吗！于是，裴耀卿果断召集济州的官吏百姓，马上开工修堤补坝，并且亲自驻守在工地上监督指挥。

军民因为有刺史亲自守在工地上万分感动，工程进展得很快。就在这时候，裴耀卿接到了朝廷调他担任宣州刺史的诏书，他非常担心，万一接任自己的官员也如其他地方一样非要等到朝廷的命令，否则不敢继续施工，岂不是前功尽弃了吗？遭殃的还是老百姓啊！他决定不顾要他赶紧到职的催促，把诏书悄悄压下，更加勤勉地监工督促，加快工程的速度，直到堤坝竣工后，才向大家宣布了自己调任的事。这样的“父母官”百姓们自然发自肺腑地爱戴和感激，不仅刻石立碑颂扬他的功德，还留下了不为私利、敢于担当，一心为民的千古佳话。

漕运工程造福百姓

裴耀卿从政以来就这样踏踏实实不辱使命为国分担，一心无私为民分忧。开元二十一年，时任京兆尹的裴耀卿再一次展示了他经邦济世的非凡才能，在玄宗皇帝面对长安大饥荒一筹莫展之时，献上他已筹划多年的改善漕运、布局粮仓的良策。漕运方案实施后效果显著，不但缓解了当时的危急情况，而且为唐王朝乃至后来数百年中国经济发展和社会稳定都起到了举足轻重的作用。漕运的作用后来越来越显现，三年时间就为长安地区积蓄了七百万石粮食，同时节约运费三十万贯。这时有属下建议："把这些钱献给皇帝吧，应该让圣上知道你的功绩啊。"

裴耀卿说："这些钱财本来就是国家的，我怎么可以用它来邀功求宠呢，绝不可以！"此事后，裴耀卿被任命为黄门侍郎、同中书门下平章事，充江淮都转运使。当上宰相位极人臣，裴耀卿的政治理想和文人抱负应该说已经取得了极大的成功。但他的为政之道没有丝毫改变与懈怠，高尚的品格反而更加清澈起来。

以上几个小故事，我们能够清晰地感受到裴耀卿坚持一生的为政之道。如同受他恩惠的百姓、忠诚维护的国家、毕生维护的正义，公道明理自在人心。

第六节　清风凛然，大公无私——裴氏宰相的人才观

裴氏家族做到宰相的先后有五十九人之多，其余将军、刺史、封疆大吏等更是众多。身居高位为国家选拔人才，分清良恶，擢拔才能，贬抑庸劣，乃是职责所在。唯有正大光明，清风凛然，才能使皇帝大臣折服。让我们看看他们是怎么做的。

量才而用，不敢有私

史料记载，裴垍做相，严明法治，考课吏绩，器局峻整，人不敢干以私。意思是说，裴垍为官正派，从不做受请托受贿之事，同朝官员知其脾气秉性都不敢轻易去找他谋官办私事。而偏有个朋友不信这个，竟然说："我和别人不一样啊，以我们多年交情他会给我面子的！"于是专程到京城来拜访裴垍。

有朋自远方来不亦乐乎！裴垍设酒款待，重礼相待，欢谈叙旧，气氛十分融洽，朋友赶紧趁机提出了自己的要求："我也为官多年，清廉有名，口碑尚可，我想去做京府判司，不算违反你的规矩吧。"

没想到，酒杯未落裴垍就立刻予以拒绝："你确实有才能、有政绩，然而这个职位不适合你，我裴垍可不敢因为私交而破坏国家的法度。"

朋友以为他只是官居高位，官话而已，仍不死心，继续打友情牌："你我好友多年，我的要求也不算过分，你如今贵为宰相，难道就不能为朋友办一点事吗？"

听到这些，裴垍回答得更干脆了："他日有瞎眼的宰相怜公者，不妨得也，垍则必不可。"裴垍这么说，也是这么做的。他所推荐的李绛、崔群、韦贯之、裴度、李夷简等人后来都相继做了宰相，不辜负期望成为一代名臣。可见他知人善任，选人用人之独到、之无私、之精明、之不负众望。他执政时期朝无奸佞，百业渐兴，出现唐后期少有的清明时期。

唯才是举，举亲不避

开元二十一年，关中久雨，长安发生饥荒。唐玄宗接受宰相裴耀卿的建议疏通漕运，征调江淮粮赋，以充实关中，并让他兼任江淮转运使，主持漕运事宜。为了不负重托，裴耀卿推荐同为裴氏族人的裴宽为户部侍郎，作为副手协助自己办理漕运。裴宽入仕从政以来廉明清正、刚直不阿、严格执法，“裴宽瘗鹿”的美名早已传播天下。后来，事实证明裴宽果然不辱使命。每一天经他手里出入的钱财数以万贯计，他始终一尘不染不贪一分一厘。玄宗皇帝曾赋诗褒奖其人品：“德比代云布，心如晋水清。”一片公心才能没有用私之嫌，唯才是举自然光明磊落。

不结帮派，反对权奸

裴度坚持治理国家要任用贤才。宪宗元和十三年，他极力反对任用“掊克取媚”的皇甫镈为宰相。裴度为将相二十余年，荐引过李德裕、李宗闵、韩愈等名士，重用过李光颜、李朔等名将，还保护过刘禹锡等，但从不荐引无才的亲友为官。在唐朝后期，朝官结为朋党相互援济的情况下，他不拉帮结派，反对权奸，坚持唯才是举，展现的正是他的公正廉明、无私正直之处。

还有唐肃宗时期，宦官李辅国权倾朝野，宰相及朝中大臣想见皇帝都需经过李辅国的安排，皇帝的诏书也需要李辅国的署名才能施行，群臣不敢提出不同意见。溜须拍马、趋炎附势的官员也越来越多，形成了很大的一股势力。宰相裴冕等正直之臣无不忧心忡忡。李辅国的野心也随之与日俱增，开始觊觎宰相的位置。他多次暗示裴冕等到肃宗那儿去举荐他，可裴冕始终不置可否。当另一位宰相萧华私下询问他的意见时，裴冕断然道："我根本就没有推荐他的打算，可以砍断我的臂膀，他想当宰相绝对不行！"在当时的形势下，能坚守这样的态度是何等的勇气与决绝。后来同样未支持李辅国的宰相萧华果然被逼罢相，裴冕也屡遭排挤陷害，然初衷不改一再与强横的权臣正面冲突。

唯德是从，德才并举

裴垍不给好友面子，而裴耀卿冒着政治风险举贤不避亲，更有绝不做瞎眼宰相，宁可断臂也不做违心之举的裴冕，如果不是将职责使命高于一切，他们怎会做出如此斩钉截铁，毫无私情的事情呢！可叹，后世却不缺乏以伯乐自居，结党营私，网罗羽翼，提拔重用祸国殃民、腐化堕落官员的"瞎眼宰相"。

裴氏宰相们大公无私为国家选贤任能的品行气节，为后人树立了标杆，成为裴氏家族赢得信任与尊重，不断有机会报效国家的重要原因之一，更成为人们探寻总结裴氏优良家风世代相传的重要因素。

第七节　人生何事须聚蓄——裴氏先贤的财富观

裴氏家族自古为三晋望族，也是中国历史上声势显赫的名门巨族。史书上说："自秦汉以来，历六朝而盛，至隋唐而盛极，五代以后，余芳犹存。在上下二千年间，豪杰俊迈，名卿贤相，摩肩接踵，辉耀前史，茂郁如林，代有伟人，彪炳史册。"其家族人物之盛，德业文章之隆，在中外历史上堪称绝无仅有。然而裴氏家族并没有为子孙后代留下与“宰相村”、大家族相匹配的深宅大院和万贯家财，看惯了以宏伟大院文化著称的晋商习俗，祖先们为裴柏村留下可见的东西甚至是寒酸的。裴氏的后人们却很自豪，因为裴氏祖先们留下了真正珍贵的财富——自强不息的精神力量和修身自重的道德典范。

钱财永远是一块试金石，对它的认知态度衡量的是人的内在本质，更决定着一个人的精神追求。在清慎的裴氏家风浸染下，很多裴氏族人都展露出了虽崇尚节俭却气势如虹的人生风范，培养出一代又一代廉洁自律、德业并举的优秀代表人物，这与他们清廉守纪、注重根本、着眼长远的财富观是密不可分的。

绝不以鸿都之事仰累清风

北齐时期，裴昭明在很多地方做过官，都留下了勤勉清廉的好名声。他有一段非常著名的话，表明了他的财富观：“人生何事须聚蓄，一身之外，亦复何须？子孙若不才，我聚彼散；若能自立，则不如一经。”所以，他一辈子都不经营积聚产业，对财富无比淡漠，把名声看得比什么都重要。在他出任长沙郡丞，到快要离职时，刺史王蕴对他说：“你一向这么清贫，一定没有回去的路费。如果有人给你送礼要谋求官职，我是不会管的。”

裴昭明的回答是：“岂以鸿都之事仰累清风！”意思是：怎

能因为卖官鬻爵的事情连累清正的名声呢。

还有一次裴昭明在地方任职期满回到都城，贫困得几乎一无所有。齐世祖说："裴昭明罢职回来，清贫到连住的地方也没有。我不太熟悉历史，不知道古人中有谁能和他相比?"这不又是一个"独立使君"吗！可见"官到贫时方为清"，成为很多裴氏族人为官从政的信条标准。

身心安稳则道德昌隆

裴文举，齐公宇文宪刚建立幕府任其为司录。宇文宪出使剑南，又任裴文举为总管府中郎。武成二年，任使持节、车骑大将军、仪同三司。蜀地田地肥沃，经商会有百倍的利益，有人劝他借机求利，他回答说："利益中最贵重的，不如身心安稳，身心安稳则道德昌隆，远非财货可比。我不孜孜求利，不是厌恶财富。"

宇文宪可怜裴文举的贫穷，常想资助他，他总是推辞，拒绝的多，接受的少。保定三年，迁任绛州刺史。他的父亲裴邃曾任正平郡太守，始终以廉洁简约自守。每次视察春耕，了解民俗，都是单车独骑。裴文举到绛州任上，完全遵循父亲的做法，百姓都赞美他并受他的感化。道德的力量是无形的也是巨大的，韦孝宽对他十分敬重，以致每次与他谈论时都会不知不觉地移座到他面前。

看淡财富，成就大事

裴行俭率军抗击突厥军队的战斗，成为大唐历史上浓墨重彩的一笔。他的雍容大度，更成就了不朽的功业。有一次，皇帝赏赐他骏马及珍贵的马鞍，令使给他送去时跑得太急，结果马跌跤还摔坏了马鞍，令使心里害怕，只好逃走了。裴行俭派人把他找回来，对他们说："你想错了，怎么能这样小看我?"他依然像以前那样对待他。

击败阿使那都支后，缴获了一个两尺多宽的玛瑙盘，裴行俭让军吏王休烈拿出来给将士们观赏。王休烈上台阶的时候，不慎跌倒把盘子摔碎了，他惊恐万分连连叩头请罪。裴行俭笑着说："你又不是故意摔破的，用不着这么害怕。"没有表现出丝毫惋惜之情。唐高宗将从阿使那都支那里缴获的财产金器三千多件赐给了裴行俭，另外还有与金器价值相当的各类牲畜，裴行俭都统统分给了亲戚朋友和下属将士，几天之内就全部分完了。

不为金钱所累造就高洁品行

宰相裴度二十四世孙裴盛，出身诗礼之家，天生聪颖，八岁入乡校，明宣德元年中举，只做过训导、教谕之类的小官。宣德元年，他赴省试寓琼台时，有一位八十余岁的失明老僧，暗中托他将八十五两白金捎给肇庆天宁寺僧官。当白金如数送达时，僧官拒收并惊诧道："我俩二十多年都没有见过了，而且期间毫无音信，都不知他是死是活，怎么还有送金之事呢？”裴盛最终还是坚持交给他，说：“受人之托，安可负之？”僧官非常感慨，这般看淡钱财信守承诺的人简直是太难得了！得知风尘仆仆的裴盛是自崖州跋涉赶考的学子，僧官便自愿拿出一半的白金作为感谢，给他补充一点盘缠，裴盛力辞不受。同一年，在广东乡试中裴盛一跃中举，人们都说这是“信义致金”所获的报答。

裴盛后来在平凡的岗位上，办了很多兴学助教、纾解民困的好事，晚年归乡后自奉淡泊，瘁心民生，成为奉祀“乡贤祠”的名贤之一。以高洁品行彰显着裴氏优秀家风的无穷魅力。

裴氏家族中这样的事例不胜枚举，还有宰相裴炎家“无儋石之储”等故事至今传为美谈，这些事迹不仅仅教导和激励着裴氏后人，也成为更多有志之士学习的榜样。后来，民族英雄林则徐也曾说过和裴昭明类似的话：“子孙若如我，留钱有何用？贤而多财，则损其志；子孙不如我，留钱有何用？愚而多财，则增其过。”看来，先贤廉吏们的认识是一致的，子孙如果不才，积累再多的钱财也会被散尽。

为官者都知道“吏不畏吾严而畏吾廉”“公生明廉生威”的道理。有了正确的财富观，自然会有自觉廉、坚持廉、终身廉的自觉行动，才能在实现个人理想抱负的奋斗路程上不为金钱所累，不成为金钱的奴隶。

第八节　裴矩“佞于隋而诤于唐”的启示

初唐名臣裴矩“先佞后诤”，其变化过程值得深思。裴矩是裴氏家族庞大的宰相群体中一个奇怪而复杂的人物。历仕北齐、北周、隋朝、唐朝等四朝，隋唐时期著名的政治家、外交家、战略家、地理学家。

隋朝时他叫裴世矩，因为善于揣摩洞察隋炀帝杨广的心思，并且不顾事情是否妥当，一味投其所好，留下了不好的名声。到了唐代，为避唐太宗名讳而改名为裴矩。名字变了，性情也发生了彻底的逆转，成了常常“犯颜直谏”的诤臣良相，清明朝政的护卫者。如此自相矛盾的复杂人生经历，让人疑惑不已。

当今我们研究弘扬裴氏家族的家风家训，这样一个毁誉参半的事例也不应该排除在外，毕竟优良的家风家教也是在历史长河中慢慢积淀而来的，只有深入地研究和思考才能接近真相，懂得真谛。让我们看看裴矩的变化究竟能给人怎样的启示。

裴矩其人

裴矩到底是怎样的一个人呢，还是让我们从头说起吧。他的爷爷裴佗是著名的清官，博学多才、为官公正、有为而清廉，非常关心百姓疾苦，经常把自己的俸禄捐献出来，救济穷苦百姓。老百姓也十分敬仰裴佗，甚至在他离任时成群结队依依不舍地送他到边界。裴佗一生不蓄家产，家里仅有三十步大的宅院，夏不用伞盖，冬不穿皮袄。裴矩的奶奶辛氏，也是一个伟大的女性，裴佗早逝后，悉心教育裴让之、裴诹之、裴谳之、裴谋之、裴讷之、裴谒之兄弟六人。兄弟六人个个勤奋好学，精通诗文、富有才情，在事业上均取得了很高的成就。可惜，裴矩尚在襁褓之中，他的父亲裴讷之就早早去世，伯父裴让之承担了抚养义务。

裴让之以富于文才、伶俐善辩知名。历仕东魏、北齐两朝，官至中书舍人，颇有政绩，且以诗文知名于世，常常因为秉公执法而得罪权贵。严教子孙、读书明德、友爱兄弟、协和宗族、立身谨厚这些裴氏家风精髓都一一体现在裴矩的成长环境里，在这样的家庭环境中长大的裴矩也不负众望，从小勤奋好学，文章华美，很早就因为博学而名声远扬。由此，我们看到了裴矩的第一张面孔。

报效国家的忠臣良将

裴矩学有成而入仕了。他的祖辈父辈们，这些裴氏家风的优秀继承者和开拓者，允送他的目光是温暖的，更是充满希望的。这位文武兼备的青年才俊，满怀抱负又才能卓越，果然做过不少有益于国家的事情，尤其在外交策略、安定边境方面立下载入史册的功勋。

岭南首秀

开皇十年，裴矩奉诏巡抚岭南地区。他尚未启程，便得到了江南作乱的消息，隋文帝正在为难之际，裴矩自告奋勇前去平定叛乱。在满朝怀疑之中，这个文官靠着沿途招募的三千士卒，一举平定二十余州，并在战后的安抚工作中表现突出，既安定了边境又进一步扩大了国家的版图，充分展示了他卓越的军事才能，过人的见识与才干。才能首秀大获成功，因为安定岭南之功，被册封闻喜县公，并任命为民部侍郎，后又改任内史侍郎，从此成为杨隋政权的重要人物。

讨伐突厥

平定岭南不久，当时强盛的突厥多次侵犯隋朝边境，隋文帝任命裴矩为长史随军出征讨伐。这一次，裴矩开始展露出类拔萃的外交才能和谋略手段。在兵马并不强壮的情况下，没有单纯依靠军事行动，而是结合实际，充分使用谋略，挑唆突厥人互相攻杀，令草原帝国突厥实力大损，并使突厥从此分为东西两部，直到唐中期灭亡。裴矩的这些政策取得的一些效果，不仅保障了丝绸之路畅通，加强了中原和西域的联系，还使河西走廊成为隋唐时期中西贸易的集散地。很多年以后，唐朝的辉煌发展直接得益于裴矩的这一杰出成就。回京后裴矩任尚书左丞，后改任吏部侍郎，以称职闻名。

经略西域

随着边境开始安宁、丝绸之路的通畅，西域各国都集中到张掖开展商贸活动。这时对裴矩影响巨大的隋炀帝杨广继位了，大业初年，裴矩奉新皇帝的命令去监管互市。裴矩依然是心怀抱负，他并没有止于监管互市的单一职责，又做了一件非常了不起的事情。到达张掖后，裴矩详细了解了西域的风俗人情和山川险要，撰成对西域地区进行系统研究的重要成果——《西域图记》。

《西域图记》原书三卷，记载了西域四十四国山川地理、物产名称、风俗人情，特别是标明了所有的关塞险要等军事要点，并绘有地图。在这些情报的帮助下，大业五年，杨广率领大军亲征吐谷浑，扩地五千里。稍后薛世雄进军伊吾，在汉时的旧城东面修筑新伊吾，裴矩同往经略，巩固隋王朝与西域诸国的联系。

在隋王朝与吐谷浑、西突厥的斗争中，裴矩运用一系列外交和军事手段最终达到了吐谷浑、西突厥归附的目的。裴矩以国家为依托，政治、经济、外交三管齐下，系统完备地经营西域，对隋王朝北部边境的安定起到了巨大的作用。所以，有人评说在西域问题上，裴矩的历史贡献不亚于汉代的张骞。

裴矩制定实施的外交政策影响深远，不仅在国内享有盛名，也引起了很多外国学者的关注，甚至出现了介绍他的外文专著。

裴矩在隋朝后期的一系列举止终于让他背负上了奸佞之臣的名声，他有了令人不齿的第二张面孔。

正言直谏的忠臣

裴矩归降唐朝，我们又看到了他的第三张面孔。因为这次他所面对的君主是唐太宗李世民。李世民急切希望大臣讲真话、说实话。面对虚心纳谏、从善如流的唐太宗，裴矩变成了另一个人，敢于正言直谏，甚至敢为皇帝纠错。

唐太宗即位之初，知道许多官员常常收受贿赂，决意要惩治腐败，于是想出了一招“钓鱼执法”的妙计，暗中派人以财物行贿，引诱官员上钩，然后杀一儆百。果然就有人上钩，有一个司门令使的小官，接受了一匹绢，虽然其受贿的数额很小，可太宗还是勃然大怒，准备杀了这个小官员。裴矩义正词严进谏说：“官员接受贿赂，确实应该严惩，但陛下使用财物试探他们，让人落入犯法的陷阱，恐怕不符合‘道之以德，齐之以礼’的圣训。”

太宗感觉裴矩言之有理，欣然纳谏，并褒奖他说：“裴矩能当官力争，不看朕脸色行事；如果每件事都能如此，何愁天下不治！”这件事情之后，李世民就断然抛弃了“陷人于法”的“钓鱼执法”，下定了“以至诚治天下”的决心。正是由于唐太宗的这种表现，裴矩谏言的次数也越来越多，甚至常常“犯颜直谏”弄得太宗下不来台。因为裴矩所谏之事大都有理有据，太宗非但没有责备他，反而愈发器重他。裴矩的华丽转身，几乎成了与魏徵齐名的诤臣。

裴矩在隋唐的不同表现，史学家司马光在《资治通鉴》中这样评述：“古人有言，君明臣直。裴矩佞于隋而忠于唐，非其性之有变也。君恶闻其过，则诤化为佞；君乐闻其过，则佞化为诤。是知君者表也，臣者景也，表动辄景随矣。”裴矩前后判若两人并不矛盾，只是遇到不同的上级，做出不同的反应。因为上级处于主导与支配地位，如果没有开明纳谏的胸怀品德，正直的人也会变成奸佞小人；如果君主对真话喜闻乐见，哪会有奸佞小人的存在空间呢?

裴矩历任四朝，靠着家族教育赋予他的才能，以圆滑的处世方式玩转了君王，也得到了同僚下级的拥戴，每一次都能得到器重，总能在危急时刻化险为夷，看似是多么成功；然而历史是公正的，毫不客气地指出其先佞后诤的事实。裴氏家族也许正是借鉴了这样集正反两面于一身鲜活典型的教训，不断引以为戒，才逐渐磨砺成金，最终形成优秀杰出的裴氏家风家教文化。

裴氏

【第三话　谦恭世家出英才】

第一节 谨身节用，谦虚自牧的裴徽

裴氏一族，出了很多贤臣良将、才俊孝廉，他们或一枝独秀，或世代相袭。俗话说，富不过三代，穷不过五服。虽然说的是穷富的规律，发展的道理，但世间万物都会遵从一个规律，即有兴必有衰，不可能永远兴盛，或总是衰败。虽说河东裴氏也经历了由盛到衰的过程，但其兴盛期之漫长，可谓中国历史上望族中的翘楚，且一门精英，绵延数代。魏晋时期的裴徽一家即是其中的典型。

谦恭待人，善辩识才

裴徽，字文秀，生卒年不详，闻喜裴氏族，魏晋时期的玄学家，士族出身，累官至吏部郎、冀州刺史、金紫光禄大夫。其父裴茂即是讨伐董卓部将李傕，收复长安的功臣，官至尚书令。他的儿子裴潜、裴徽、裴辑、裴绾都是有作为的能臣良将。而裴徽才思清明，能释玄虚，谦恭待人，善辩识才。

裴徽做吏部郎时，年龄还不到二十岁的王弼拜访他。（王弼，字辅嗣，三国曹魏山阳郡人，经学家、哲学家，魏晋玄学的主要代表人物之一。王弼“幼而察慧，年十余，好老氏，通辩能言。”曾任尚书郎。少年有文名，二十四岁便英年早逝，但著作颇丰，尤其精通老子思想的研究。王弼与何晏、夏侯玄等同倡玄学清谈，为人高傲，“颇以所长笑人，故时为士君子所疾”。）年长王弼好多岁的裴徽仍对他以礼相待，虚心求教。

裴徽请教王弼有关玄学的问题，说：“‘无’，固然是万物的本源，历代的圣人却没有提及，然而老子却反复地申明这一点，这是为什么呢?”

王弼稍加思索，回答道：“圣人虽然体会到‘无’这一观点的存在，可是‘无’却是不能训释的，所以没有进行论述。而老子在哲学上主张‘有’的观点，经常在论述‘有’和‘无’

的关系时，强调前人在这方面的不足。”

王弼言罢，裴徽深以为是，非常赏识王弼的超人才华，认为他小小年纪便有如此见地，且学识丰厚，所以逢人便夸王弼，并予举荐。王弼生前官至尚书郎。

循循善诱，耐心服人

裴徽不仅为人谦恭，还常为朋友析事明理，解决朋友间存在的矛盾。当时的玄学家荀粲、傅嘏因为学术问题经常争论不休，各执己见，难以沟通和交流。裴徽见状，便想办法为他们居中调和，并且用心寻找他们之间的共同点，循循善诱，耐心说服。不久，荀粲、傅嘏的思想便得到了沟通，打消了门派之见，成了共研学术的良友。

冀州安平的赵孔曜常对人称赞裴徽，说他“才思清明，洞彻玄学”。这是因为赵孔曜深知裴徽为人处世讲究方法，不仅循循善诱，还常将一些问题提出来，启发对方，让他们自己对人或事物形成认知。因为赵孔曜了解裴徽的优点，所以向他引荐了平原（今山东德州平原）人管辂。管辂是三国时期曹魏术士，字公明，正元初年，任少府丞。管辂“年八九岁，便喜仰观星辰”。长大成人后，潜心钻研，得以精通《周易》，更擅长卜筮、相术，尤其喜欢研究鸟语，相传为人解释鸟语鸣叫之意，每言则中，出神入化。管辂后来成为历史上著名的术士，被后世奉为卜卦观相者的祖师。他体格魁梧，生性宽厚，每逢性格狭促之人，常以德报怨。裴徽听了赵孔曜对管辂的介绍，心中大喜，遂书信给管辂，邀请他做自己的文学从事。

一个炎热的夏日，管辂经长途跋涉，终于赶至裴徽居所。两人一见如故，相谈甚欢，似有说不完的话题。因天气炎热，索性将睡榻搬到屋外，雄鸡报晓时，两人依旧谈兴甚浓。后来，裴徽升迁冀州刺史，便荐举管辂为钜鹿（今河北邢台巨鹿）治中从事，后又升为别驾从事史（别驾从事史又称别驾从事，因其地位较高，刺史出巡辖境时，另乘驿车随行），成为裴徽的左膀右臂。不久，裴徽又推举管辂为秀才。正元二年，管辂任少府丞。上任前，前来向裴徽辞行。裴徽点拨管辂说："丁谧、邓飏两位尚书有治理国家的才能和方略，但是，他们却不能洞察事物发展的方向和规律。何晏尚书考虑问题极细致，连小节都可以关注到，而且很会说话，但是好听的话不一定是真话，而真话却不一定好听。你与他们相处，一定要慎重对待，要有自己的主见啊！"

管辂深记裴徽此言，在任上与此三人相处谨言慎行。后来他对身边人说："听裴冀州一席言，使我头脑清醒，精神振奋，真是振聋发聩，深思而夜不能寐。不像与他人交谈，即使是白昼，也使人昏昏欲睡。"

高瞻远瞩，洞察秋毫

丁谧、邓飏、何晏皆为三国时期曹魏大臣、大将军曹爽的亲信，一同被称为“台中三狗”。曹爽是三国时期曹魏宗室、权臣、大司马曹真之子。年少时以宗室身份出入宫中，为人谨慎持重。魏明帝曹叡即位后，即任他为散骑侍郎，累迁城门校尉，加散骑常侍，转任武卫将军；曹叡卧病时，拜曹爽为大将军；齐王曹芳即位后，曹爽又被加为侍中，改封武安侯。曹爽原本谦虚谨慎，后来任用亲信，专权乱政，侵吞财产，并一意孤行出兵伐蜀造成国内财物虚耗，士兵死伤惨重。曹爽位高权重，骄横跋扈，衣食住行竟然自比皇帝。

正始十年正月，司马懿乘曹爽、曹羲兄弟陪同曹芳拜谒魏明帝高平陵时，发动政变，封闭洛阳城并占据曹爽和曹羲的军营。曹爽最终向司马懿投降，曹爽兄弟均被剥夺兵权，不久以谋反罪斩首，党羽丁谧、邓飏、何晏等与曹爽兄弟一起被处死，诛灭三族。据《魏氏春秋》记载：高平陵之变发生后，司马懿让何晏参与审理曹爽等人的案子。何晏彻底查办曹爽的党羽，想要以此获免。司马懿说：“共有八族。”何晏细数了丁、邓等七姓。司马懿说：“还没完。”何晏心中发虚，自知难逃一劫，最后无奈地说道：“难道是说我吗？”司马懿说：“正是！”于是何晏也被收押。正月初十，司马懿以谋逆罪将何晏与曹爽等一同诛灭三族。

所以，高平陵之变后，管辂对裴徽当年的点拨与提醒深以为然，充满感激。可见裴徽高瞻远瞩，洞察秋毫，对人和事物以及未来的预见能力多么高远。令人惋惜的是，这么一位能臣才俊，中年早亡，后朝廷封其为兰陵公，谥号“武”。裴徽的言行举止，与后来裴氏望族所总结归纳的“立身谨厚”的家训如出一辙：“谨身节用，明刊孝经。武侯谨慎，昭若日星。厚德载福，宽让能宁。谦虚自牧，喜怒不形。”

教育有方，子女皆才

裴徽有四个儿子，长子裴黎，字伯宗，官至游击将军；次子裴康，字仲豫，任徐州刺史、太子左卫率；三子裴楷，字叔则，历任侍中、中书令、光禄大夫、开府；四子裴绰，字季舒，黄门侍郎，早卒，追赠长水校尉。裴徽的四个儿子，颇得其父风骨，无论宫廷市井，闾里军中，皆因袭家风，又各有建树。其中次子裴康，三子裴楷，是为一代名士。尤三子裴楷，年近弱冠，便远近闻名。及长，成为敦厚持重的忠臣，辅佐社稷的榜样，才气名望最为时人所重。

裴徽的孙辈虽不似祖父辈声名显赫，却也是家风犹存，谨慎宽让，人品才华具属上乘。别人不表，单言裴徽四子裴绰的儿子裴遐，裴绰的孙女裴穆。

裴遐曾任散骑郎。他善谈玄学，其道理精妙；言辞爽畅，如琴瑟和鸣。曾与河南名士郭象谈论玄学，所言令在座之人无不叹服。他深沉平和的性格，宽让能宁的胸怀，深得大家的敬重。一次，裴遐在平东将军周馥的官邸与人对弈，周馥的司马酒醉后将裴遐扯倒在地。而裴遐竟不愠不怒，若无其事地回到棋盘前，冷静如初，继续围城。所以，后来为东海王司马越器重，延请裴遐做太傅主簿。只可惜，裴遐后来被司马越的儿子司马毗害死。就此而言，其预见就不如祖父裴徽高远，以致关键时刻不能趋利避害。

裴穆是裴遐的女儿，东海王司马越之妻。当年司马越参与讨伐成都王司马颖的战役失利后，回到封国。晋怀帝即位后，谋士王导建议其移镇建邺。裴穆虽一介女流，坚决支持王导的主张。在他们的共同努力下，江东士族的思想感情逐渐转变，成为支持司马氏政权的一支重要力量，从而开创了东晋的基业。由此可见，裴穆可谓秀外慧中，堪称女中豪杰。

第二节 立志向善，做贤子孙的裴邃

裴氏家族将才辈出，北魏有裴良家族的“裴氏八虎”，南朝有裴邃家族的“裴门五虎”。虽在同一历史时期，又各事其主，但都雄才大略，清正廉明，辅国安民，忠诚不贰。一世英名，永载史册。

成绩显著，被封“奉朝请”

裴邃，字深明，又字渊明。他是南北朝时期南朝梁名将，为骁骑将军裴仲穆之子。祖父裴寿孙为南朝宋武帝刘裕的前军长史。他的家族为三国时期曹魏襄州刺史裴绰的后代。裴邃一家从祖父裴寿孙那一代开始，寄居寿阳（今安徽寿县）。

裴邃自幼勤奋好学，尤其精通文法，十岁时即能提笔成文，更能熟读《左传》，其作品今已散失，仅《全梁文》收录有残文两篇。建武元年，豫州刺史萧遥昌征召裴邃进府为主簿，恰好萧遥昌整修南朝刘宋时期所建的寿阳八公山庙，待到要在庙中立碑铭记修葺之事时，便命裴邃撰写碑文，俟碑文拟就，众人皆赞不绝口，大为赞赏。其文才尤其受到萧遥昌的认可。裴邃后来被举为秀才，在考试时成绩优异，成为“奉朝请”。

“奉朝请”是古代给予优秀人才和闲散官吏的一种优惠待遇。古时春季拜见皇帝的朝见礼节称为“朝”，秋季的朝见礼节称为“请”。成为“奉朝请”后，便有了参加朝会的资格，实非官名。南朝齐永明年间，“奉朝请”曾多达六百余人，并成为官号之一。

“身在曹营心在汉”

永泰元年，东昏侯萧宝卷执政时，始安王萧遥光担任抚军将军、扬州刺史，因赏识裴邃的才能，便征召裴邃担任自己的参军。东昏侯萧宝卷多疑猜忌，残害忠良，因其暴虐无道，所以内乱频发，国家濒临崩溃边缘。永元元年，扬州刺史萧遥光举事反对东昏侯萧宝卷的暴政，兵败被杀，裴邃失去依靠，无奈回到寿阳。适逢豫州刺史裴叔业因遭朝廷猜忌，率军投靠北魏，豫州的百姓和大家士族都被裴叔业裹挟，裴邃因寄人篱下，只得与家人一起，随着逃难的人北迁。但是北魏宣武帝元恪久闻裴邃名气，十分器重他，任命裴邃为司徒属、中书郎、魏郡太守。谁知裴邃“身在曹营心在汉”，虽身在北地，却心在南国。他认为自己是中原贵族后裔，不愿服侍北魏君主，日夜寻找回归南朝的机会。

恰在此时，北魏朝廷派大将王肃前去镇守寿阳，裴邃坚决请求随行，同时秘密策划南归。但一直等到天监初年，裴邃才终于找到机会逃回梁，梁武帝萧衍授给他咨议参军一职。因裴邃屡次请求到边境效力，于是又被任命为辅国将军、庐江太守。当时北魏将军吕颇率兵五万突然进攻庐江郡，裴邃率领将士奋力抵御，并用计谋击败吕颇，大获全胜，因此战后加职右军将军。

天监五年，裴邃奉命出征北魏邵阳州（今安徽凤阳东北）。当时，北魏军正在淮河上修建大桥以方便魏军渡河作战。裴邃步步为营，让军队修筑堡寨逼近大桥，屡战屡胜。同时，裴邃令军士工匠暗中制造坚固庞大的“没突舰”，以在水上作战时撞沉北魏军战船。这时恰逢多雨季节，淮河水暴涨，裴邃率军乘船抵达大桥一侧，北魏军见梁军的庞大舰船突至，以为天兵，惊惧四散。裴邃乘胜追击，北魏军大败。裴邃率军一鼓作气，攻破羊石城（今江苏扬州），杀守将元康。又攻破霍邱城，杀守将宁永仁。连克小岘（在安徽含山北县）、合肥，屡建奇功。因裴邃战功卓著，得封夷陵县子爵，赏食邑三百户，后又调任冠军长史、广陵太守。

不惧受诬告，主动请战立功

裴邃到广陵任太守后，与乡人一起赴魏武帝曹操的庙中参拜。在庙中，大家谈论起有关帝王功业的话题。不料，这事被裴邃妻子的外甥王篆之知道后，密奏梁武帝萧衍，说："裴邃口出狂言，有不服朝廷的嫌疑。"梁武帝听信王篆之诬告，将裴邃降职为始安太守。

但裴邃立志建功边陲，不愿担任闲职，无所事事，便写信给领军将军、散骑常侍吕僧珍，倾诉内心的郁闷说："过去阮咸、颜延二人文章冠世，所以并称为'二始'，我的才能不及古人，现在成为三始，每日著文立说，可这并不是我的心愿，该怎么办呢?"所以，裴邃拖延着不想去始安（今广西桂林）。

此时恰逢北魏进攻宿预（今江苏宿迁东南），朝廷便命裴邃率军抵御。裴邃进军至直渎（今江苏南京郊外），北魏军队听说是裴邃前来应敌，闻风丧胆。裴邃大军未到，北魏军队便先行撤退了。班师回朝后，裴邃任咨议参军及豫章王萧综的司马，率所部驻守石头城（今江苏南京）。后又调任竟陵太守，在竟陵（今湖北天门）任内开荒屯田，官府及百姓都得到了实惠。因政绩显著，调任游击将军、朱衣直阁，入值殿省。不久后担任假节、明威将军、西戎校尉及北梁州、秦州刺史。在此任内，裴邃虽然没有采取任何军事行动，但北魏军队慑于他的威名，不敢轻举妄动。于是形成了南北朝间相对和平稳定的局面。

裴邃在此又屯田数千顷，使粮储丰满，仓廪殷实，既免去了朝廷向边境输送粮草之累，又使当地官民得以安居。当地百姓感念裴邃的政德，于是众人相约献饷绢一千多匹，裴邃坚拒道："为官一任，就应造福一方，理所当然。你们不应该这样做啊！可我又不能薄了你们的好意。"于是，只收绢二匹。因裴邃政绩卓著，安边有功，不久便上调回京，入朝任给事中、云骑将军、朱衣直阁将军，后迁任大匠卿。

屡战屡胜

梁武帝普通二年，义州刺史文僧明叛降北魏。梁武帝任命裴邃为假节、信武将军，统率诸军讨伐。义州平定后，裴邃被任命为持节、督北徐州诸军事、信武将军、北徐州刺史，但未到任，又转督豫州、北豫州、霍州等三州，任豫州刺史，镇守合肥。

普通四年，裴邃升任宣毅将军。同年，梁武帝派军北伐，裴邃统帅诸军，先率骑兵三千攻袭寿阳。同年九月，裴邃趁夜赶到寿阳，进攻寿阳外城，破关而入，一日交战九个回合。后军将领蔡秀成迷失道路而未赶到，裴邃因援兵未至而撤军。裴邃撤军后，又整肃兵马，命令诸将以不同的服装相互区别职务、级别，裴邃自己身着黄袍骑上战马，一举攻破狄丘、甓城、黎浆等城，转战安成、马头、沙陵等城堡。同年冬，裴邃命军士修复芍陂（今安徽寿县南）城池。

普通五年，裴邃继续攻破北魏新蔡郡，拓境至郑城及汝水、颍水一带，当地人都响应归服。镇守寿阳的北魏将领长孙稚及北魏河间王元琛率众五万，出城挑战，裴邃将军队分成四路，严阵以待。裴邃命直阁将军李祖怜佯败，长孙稚率全军追击，此时，四支兵马竞相冲杀，北魏军大败，一万多人被杀。长孙稚等人败逃，闭城自守，不敢再出。

同年五月，裴邃在军中突然病逝。梁武帝追赠其为侍中、左卫将军，赐谥号“烈”，并晋爵为夷陵侯，赐给鼓吹一部，增邑七百户。

裴邃一生深沉而有谋略，为政宽明，能得军心，将吏皆敬畏他，很少人敢犯法。他死后，淮水、肥水流域的百姓都为他流泪。大家都认为，如果裴邃不死，即使是北魏都城洛阳也不难攻下。

“裴门五虎”

裴邃的儿子和侄子裴之礼、裴之高、裴之平、裴之横、裴之悌，作为将门之后，亦个个文韬武略，名冠群雄，人称之为

"裴门五虎"。

裴之礼，字子义。裴邃的儿子，他仪容俊美，善谈玄理。任职显耀，屡任将军、刺史，曾是太子萧宝卷的左卫率，兼卫尉卿，后转任少府卿。他去世后，谥号"壮"。

裴之高，字如山。裴邃兄长中散大夫裴髦的儿子。少年有为，胸怀壮志。跟随叔父裴邃四处征战，屡立战功。参与平复侯景之乱，传说当时裴之高的六弟裴之悌正在侯景军中，伺机刺杀了叛将侯景。裴之高去世时七十三岁，朝廷追赠侍中、仪同三司，赐鼓吹一部，谥号"恭"。

裴之平，字如原。裴之高的五弟。他少年倜傥，胸有大略。梁元帝承圣年间，因抗拒侯景有功，任散骑常侍、太子詹事。南朝陈永定年间，朝廷任命他为光禄大夫、慈训宫卫尉。但裴之平认为自己是前朝旧臣，所以坚辞不就。入陈十年而拒不为官，保住了忠臣不事二主的名节。天康元年，裴之平去世，谥号"僖子"。

裴之横，字如岳。裴之高十三弟。年轻时喜爱交友游玩，义气冲天。曾参加平复侯景和陆纳的叛乱，后在抗击北齐军队时，战死沙场，年四十一岁。朝廷追赠他为侍中、司空，谥号"忠壮"。

裴邃一门子弟，皆功成名就，承担着辅佐社稷的重任，并与南梁共存亡，真是应了"将门有将"的俗话。

第三节　厚德载福，昭若日星的裴漼

裴氏一族，子袭父荫，两代才华出众，谦恭内敛，又刚直不阿，秉公行事着众，且正直、果敢、睿智者，当数裴漼和他的父亲裴琰之。

裴琰之办案

裴琰之二十岁的时候，就已经是同州（今陕西渭南大荔）司户参军。因其年少，加之容貌俊美，许多人既轻视他，又嫉妒他。认为他年少而不经事，视其貌美，又觉得一定会处事浮夸。加之裴琰之每天以玩乐为主，处理公文不及时。同州刺史谯国公李崇义很不高兴，便去询问户佐，户佐说："司户是大家的孩子，恐怕不善于处理公文。"

过了数日，李崇义对裴琰之说："同州的公务繁忙，司户的工作尤为突出。你何不另外谋求个京城里的官当，没有必要滞留在这里。"

裴琰之听罢，不好说什么，只能点头称是。又过了数日，司户应该办理的公文堆积如山。大家偷偷议论，认为裴琰之不会撰写公文，只会玩乐。后来李崇义召见裴琰之，严厉地告诉他说，要请示朝廷将他免职。

裴琰之从李崇义处出来问户佐："有多少公文案卷？"

户佐回答说："需要紧急处理的有二百多份。"

裴琰之说："我以为有多少呢，刺史大人竟用如此口气逼迫人！"

他让户佐在每件等待处理的案卷后面附上十张纸，又命令五六个书吏给他研墨点笔。左右之人见他如此吩咐，虽心中不快，也只好勉强去做了。

裴琰之不听公文案卷中事情的过程和枝梢末节，只让主办案卷的人员汇报事情的大概情况。他边听边倚着柱子看案卷，一目十行，分析裁决迅疾而又明了公正，写断案文书时奋笔疾书，如行云流水，公文词意奔放，文笔华美。书吏们不停地折纸研墨，还是赶不上裴琰之的书写速度。他的手几乎没有停下的时候，写完的公文纸笺如雪片般纷纷落下。州府的官员都赶来了，围观之人聚集得像堵墙一样，惊异赞叹声此起彼伏。裴琰之处理积案不舍昼夜，当日上三竿时，积累了数年的陈年旧案已被他处理完毕。

处理完的公文案卷送到李崇义那里，李崇义一开始还问："司户会处理公文吗？"

户佐说："司户手笔太高了！"

李崇义仍然不知道裴琰之的奇异才能。等到他看了四五十卷，发现裴琰之的词句语言非常精彩。李崇义惊叹不已，又是自责，又是懊悔，将裴琰之找来说："你的文章如此好，为何要自隐才华，以致造成我埋没人才的过失呢？"

当天，裴琰之的声名就震动了全州，他的超人才干，因此事不胫而走，尽人皆知。后来，裴琰之日断百案的奇闻被人们编成故事口口相传。大家在对他的才华啧啧称奇的同时，送了他一个"霹雳手"的美称。

裴琰之初露头角后，升任永平（今河北永平）县令。在永平，裴琰之仅牛刀小试，便如鱼得水，将永平的政务处理得井井有条，百姓安居乐业。因此，十里八乡的乡绅黎民将他的功绩镌刻在石碑上，以使他的德行流芳千古。

五十岁裴漼进士

不幸的是，裴琰之在担任仓部郎中后，没多久便得了重病，不能理政，只能在家将养。而裴漼为了照顾父亲的饮食起居，不肯外出做官，十数年中不求仕进。直到父亲去世，处理完一切后事，裴漼这才参加朝廷明经进士的考试。明经和进士，都是唐代科举考试的科目。在唐代的贡举诸科中，以明经、进士两科规模最大，最受当时社会的高度重视。当时流传的俗语“三十老明经，五十少进士”，一语道破了考进士科的难度。意思是说，三十岁的读书人能考取明经科，年龄就算是比较大了；而五十岁的人考取进士，从年龄上说，还算比较年轻的。所以，以裴漼的年龄能考中进士实属不易。之后，裴漼出任陈留（今河南开封）主簿，后又改迁监察御史。

当时，朝廷的吏部由崔湜、郑愔主管，二人利用职权贪赃枉法，被御史李尚隐上表弹劾。朝廷命裴漼协同李尚隐一同办案。但是，安乐公主及权贵上官昭容等与崔湜、郑愔结党营私，交往甚密，自然要袒护二人。裴漼不畏强权，一身正气，主持正义，将崔湜、郑愔按律治罪，二人遂被朝廷贬谪。裴漼不畏权贵、秉公执法的举动得到了人们的赞许，一时间美名传遍朝野。

裴漼凭着自己的正直、果敢、睿智，在不长的时间里便走上了中书舍人的位置。

为民众利益上疏进谏

太极元年，唐睿宗李旦动用大批工匠为逝去的金仙、玉真两位公主建造道观及寺庙。恰赶上这一年春天大旱，百姓本就苦不堪言，朝廷依然大兴土木。

裴漼看在眼里，急在心上，紧急给皇帝上疏进谏。裴漼说："春夏不要召集民众大举劳役、大兴土木，这样就会耽误农事。而且让百姓劳累过度，就会得病以致发生瘟疫。人间之所以会发生旱灾水灾，就说明上天在告诫我们办事不可操切。今自冬徂春，一直缺少雨水，百姓心中焦虑，唯恐粮食歉收。陛下虽然体恤百姓，但长安和洛阳两个都城的寺观修建仍然在进行，老天降下旱灾，就是因为大兴土木。现在是春令时节，正是需要农人在田里劳作的时候，这时大兴土木，臣担忧弊多利少。《春秋》所记载的庄公三十一年冬天少雨雪，认为是因为一年内连续三次修筑高台；《春秋》记载的僖公二十一年夏天大旱，是因为当时修建城池的南门，驱使人们劳役引发的。皇帝时时以万方百姓为念，为安国济民，防微虑远，恳请陛下明降诏旨，停止长安、洛阳的工程，停止向民间购买建筑材料，这样，百姓就能脱危解困。不然，贻误了农事，百姓流离失所，寺观建得再好，也补救不了百姓的饥寒交迫。"

睿宗李旦听了裴漼的谏言，思忖再三，改变了主意，停止大兴土木，不再劳民伤财。其后裴漼转任兵部侍郎。

“立身谨厚”的榜样

唐玄宗开元五年，裴漼任吏部侍郎，在数年的人才选拔中，他公正廉明，以国家利益为重，任人唯贤，使许多有才能，德行人品上乘的人，得到了服务国家的机会。几年后，裴漼任黄门侍郎，取代韦抗成为御史大夫。

张说担任宰相之后，数次举荐裴漼。这是因为裴漼与张说相识经年，相处间情投意合，互相有着深层次的了解。由于裴漼善于把握奏章的尺度，词句朴实而又有文采，常常以理服人，以情动人。所以，唐玄宗也十分器重裴漼。最后提拔裴漼为吏部尚书，不久又转任太子宾客。

裴漼祖上一直遵循勤俭节约的生活原则。但因裴漼官居要职多年，虽自己生活简朴，却对妻妾的装扮非常在意用心，并且经常为她们购置华丽高贵的服饰。这一点，被当时的人们所议论。

开元二十四年，裴漼以古稀高龄离世。唐玄宗为表彰裴漼对朝廷的卓越贡献，追赠他礼部尚书，谥号“懿”。

古代的谥法制度中，将温良恭俭让称为“懿”。这是朝廷对裴漼高尚人品的充分肯定。由此说来，“裴氏家训”中“立身谨厚”的训言最能诠释裴漼的一生：“谨身节用，明刊孝经。武侯谨慎，昭若日星。厚德载福，宽让能宁。谦虚自牧，喜怒不形。”

第四节　重道尊师，祭祀礼存的裴再兴、裴泰

裴氏一族，注重家教家风的训正，优良品德的传承，并将这种立言立德的品行传承于世者，不在少数。而金元两朝间的裴再兴和明朝的裴泰，就是率先垂范以身作则的典范。无论是裴再兴重镌“裴氏世谱碑”，还是裴泰上书请求祀奉“二程”——程颢、程颐两位理学大师，并重修一代文宗韩愈与一

代贤相魏徵的祠庙，都是对中华文化保护和传承的具体实践。

裴再兴重镌“裴氏世谱碑”

裴再兴，生卒年不详。大约生活在金元两朝。据说他是唐代文学家、政治家裴度的十三世孙。裴再兴在元朝举明经进士，任潞州（今山西长治）知事。

裴再兴的族长家珍藏着裴氏祖传的家谱旧本，珍藏保密，不轻易给人看。怎奈兵火连年，又屡遭盗贼，裴再兴寝食难安，常常担心家谱会遗失。经过深思熟虑，他邀请本族人士，与大家商议此事。裴再兴说：“在裴柏村裴家祖坟旁边，原来有一座碑，是记录裴氏家族谱系的，经风雨剥蚀，字迹漫漶。凡是看到这种景象的人，没有不感到惋惜的。现在我想把咱们家族的家谱重新刻在碑上，这不仅是为了延续家谱，谨肃正名，更是为了让后人继承家族风范，纯正家族血脉，弘扬先祖们的辉煌业绩，使我们的家族永垂不朽。想必族人不会不同意吧！”裴氏家族的人们听了他的话，觉得这是一件大事，非常高兴，愿意鼎力支持他。

于是，大家请来迁到本村居住的彭城文士刘若虚，让他撰写《裴氏世谱序》，同时捐集银两，聘请技艺精湛的工匠，将《裴氏世谱》的正文刻在碑上，该碑镌刻完毕的时间为金世宗大定十一年八月晦日，是为“裴氏世谱碑”。这通碑记载了裴氏得姓的来历、始祖，以及各支族的始迁祖，历代所出精英人物，裴氏在诸姓中的地位等。虽历近千年的朝代更迭，此碑至今仍然存留于裴氏宗祠内，与清代所刻的四通家谱碑相映生辉，昭示着裴氏家族二千六百余年的光辉业绩。

裴再兴的儿子裴奕焜，为元代的明经进士。其孙裴盛，为明代的庠生。裴再兴的弟弟裴再立，为元代的明经进士，任朝廷职方郎中。裴再兴的族弟裴济，字叔浩，是元代著名的儒士，为朝廷的将佐郎。元代中期，裴济从咸宁（今湖北咸宁）回归闻喜原籍。另一个族弟裴蒲，为金代的定远大将军。裴再兴的侄儿裴奕灿，是当时著名的文学隐士，以孝行著称于世。其族侄裴恭，为明代永乐年间的进士，任刑部郎中。在金元两朝那个不太重视文化传承的时代，裴再兴重新镌刻“裴氏世谱碑”之举，可谓是裴氏后裔对裴氏家族良好遗风的延续，对裴氏文化的弘扬。现在看来，更是对中华文化传承的有益之举。裴再兴重镌“裴氏世谱碑”之举，也正应了《河东裴氏家训》中“敬奉祖先”所言：“慎终追远，木本水源。生事死葬，祭祀礼存。立志向善，做贤子孙。贻谋燕翼，勿忘祖恩。”

裴泰重视文教德化

裴泰，字道亨，山西灵石人。明朝景泰年间举人，授官河北博野县知县。他为政完全以仁慈宽厚为出发点。不久，就升为定州知州。为了淳化社会风气，裴泰特地订了一个《旌善记恶簿》，对属地臣民善恶并记，同时，严厉缉捕打击盗贼。

正统十四年，明英宗朱祁镇赴山西与瓦剌作战。八月，明军在怀来城外的土木堡全军覆没，英宗被瓦剌所俘。成为宋朝徽、钦二帝被俘故事的重演。国不能无君，在危难时刻，由皇太后做主，命英宗的弟弟朱祁钰监国，又立英宗三岁的儿子朱见深为太子。

为赎回英宗，明朝搜尽财宝送给瓦剌。但瓦剌漫天要价、勒索无厌，只收钱不放人。兵部尚书于谦等人研究了宋朝二帝不能回归的历史，认为如果另立一位天子，瓦剌就无奇货可居，会绝了讹诈、勒索的念头，反而是迎回英宗的好办法。于是建议停止贡纳，根据“国有长君，社稷之福”的古训，提议朱祁钰登大位。太后应允，英宗也从瓦剌营中捎来赞成的口信。于是，朱祁钰正式登基，改号景泰，史称景帝（明代宗），遥尊英宗为太上皇。太子依然是英宗的儿子朱见深。

一年后，英宗被迎回，景帝将他和太子朱见深幽禁在南城。景泰八年，景帝因耽于声色，病危弥留之际，英宗夺门复辟，重新成为皇帝，改号天顺。

也就是在土木堡之变前，大同前线缺少粮饷，户部下令从定州民仓提粮抢运。因为战事紧急，裴泰上书建议由紫荆关直接运往大同前线。虽然路途艰难，但距离却近了几百里，可解燃眉之急。朝廷采纳了他的建议，从而保证了前线战事的需要。

裴泰无论于任上还是居家，对儿女子孙以及家族子裔皆言传身教，以使儿孙恭崇圣人，重道尊师，良培天下，淳化民风。

裴泰自己更是身体力行，以使中华优秀文化得以千秋万代。他曾在博野上书请求祀奉“二程”——程颢、程颐两位理学大师，以利于人们谨记对圣人的恭崇。裴泰还在定州（今河北定州）重修一代文宗韩愈与一代贤相魏徵两公祠，将他们作为世人学习的榜样。弘治二年裴泰卒于任上。裴泰之德行体现了《河东裴氏家训》之“严教子孙”所言：“家庭教育，立人丕基。诲尔谆谆，性乃不移。谨信泛爱，重道尊师。传子一经，金玉薄之。”

第五节　直臣虽善，发言有章的裴绍宗

裴氏一族中，生活在北魏的裴植命运多舛，遭人陷害，冤死无端之祸。说是无端之祸，却也有来龙去脉。这就是因“祸从口出”。裴植平素骄横狂纵，口无遮拦。每逢事，顺心便志得意满；不如意，便心中怏怏。凡喜怒哀乐皆形于色，全不似沉着稳重之人，加之又自觉才情超人，所以更是目空一切，骄言

狂语，得罪了当朝权臣，为其罗织罪名，以致落得身首异处，酿成千古奇冤。

而千年之后的裴氏后人裴绍宗，虽是廉能之吏，诤谏之臣，且人品德行远在裴植之上，事为民所想，心为君所忠，清名一生，口碑相传，最后也落得个不能善终。所以，研究《河东裴氏家训》，虽训词训意相同，但环境不同，事件不同，就会衍生新的意境，生发别样感悟。

修建“通济桥”

裴绍宗，字伯修，陕西渭南人。明正德十二年丁丑科第三甲第十四名进士。正德十三年任海门（今江苏南通海门）知县。在海门任职的三年期间，廉政清明，勤勉亲民，颇有政声。为了方便百姓出行，裴绍宗组织人们于当时县城的西南修建了一座木桥，起名“通济桥”（现已不存）。明《嘉靖海门县志》有对裴绍宗“宦迹”的介绍，称因其十分爱民，在他离任的那一天，百姓聚集在他经过的路上，拉住他的轿子呼喊着，舍不得让他走。“海门史志”上记载他和明代海门另一位为民办事的知县赵帮秩并称“裴赵”。

明武宗朱厚照到江南巡幸时，命他代理江都（今江苏扬州）政事。江都为天下最富庶的地方，随驾宦官张忠、江彬沿途以各种名义敲诈勒索，致使贿赂公行，请客送礼成风。裴绍宗到任后，拒绝送礼吃请。当地的权贵豪门非常怕他，原先因大行贿赂、铺张浪费所形成的各种名目的开支，大为节省。据有人推算，说他每年为地方省下的银两以数万计。

明世宗朱厚熜即位后，诏命裴绍宗任兵部兵科给事中。《明史》记载，裴绍宗上书世宗，请求效法明代列祖列宗的既成制度。奏书中写道："太祖皇帝的遗训是完美的。譬如重用大臣，勤于上朝理政；亲到田间视察，亲手洗涤自己的衣服，并在宫中种蔬菜；戒奢崇俭，毁掉镂金雕花御床，砸碎水晶漏；修造观心亭，揭示《大学》丰厚的意蕴等等。陛下应当牢记这些祖训和做法。几位重臣尤其应该朝夕劝导教诲，来辅助培养圣上虚心纳谏的美德。陛下每每亲临便殿，礼近文臣，使自己的耳目不被淫邪之徒蒙蔽，不被奸佞迷惑，陛下的心神才能纯洁平静，治理天下的大功才能告成。"世宗赞赏他的奏议，接受了他的建议，并遵照执行。

后来，世宗想为自己加上"兴献帝皇"的尊号，裴绍宗极力劝谏阻止，此事便被搁置下来。

谏言遭冤狱

明世宗嘉靖二年冬，天生异象，灾变频仍。朱厚熜左思右想，认为是自己无施德政，上天因此而降灾。欲罪己自罚，便想中止次年的郊祀，并取消郊祀后庆贺的筵宴。从而乞求上苍降恩，保佑大明王朝风调雨顺，国泰民安。

裴绍宗得知世宗的想法后立刻上书谏言："祭祀典礼中没有

比郊祀与泰山封禅更重要的了。国君与群臣的思想感情一定要通过宴饮来交流。过去曾因国家有危困之虞而废止了郊祀和庆成宴，这反而对解决问题、鼓舞人心不利。所以，这次还需顺应吉庆之礼，如期举行郊祀，绝不可以因为天下有灾害就又一次废止郊祀！”脩撰官唐皋也坚持这种意见。他俩的意见得到了众大臣的赞同，郊祀最终得以进行。

嘉靖三年四月，朝中“大礼议”之争已经到了白热化的程度，裴绍宗属于反对世宗尊生父为“皇考”的一派，他们认为世宗的做法有违祖制。历史上汉哀帝、宋英宗都是作为旁支入继大统，都因尊崇其生父为“皇考”而引起大争论。七月十二日，世宗不顾反对派的非议，通知礼部十六日为父母上册文、祭告天地、宗庙、社稷，群臣哗然。裴绍宗闻之径直入朝，直言相劝皇帝此事不可为。十五日，裴绍宗等二百二十九人，相约跪于左顺门哭谏，世宗龙颜大怒，严令以“廷杖”重刑处治。结果，参与哭谏的大臣十七人被打死，一百三十四人被打入锦衣卫牢狱之中。

因被杖责至皮开肉绽，月余后，裴绍宗死于牢狱之中。裴绍宗家境贫寒，死后竟不能入殓，丧事无法操办。由于天下人对此事愤愤不平，并议论纷纷。隆庆元年，朝廷为裴绍宗等人平反昭雪，追赠裴绍宗为光禄寺少卿。

时人称裴绍宗为“清官忠臣”。虽说忠臣直吏其心可嘉，其情可表，但不能具体问题具体分析，不同事件不同对待，给自己带来不必要的灾祸，造成无可挽回的悲剧。当然，这是用现代观点来评价古代官员之言行，倘若是为国家朝廷、黎民百姓之利益，则可褒奖，若以帝王家事祖宗体制谏言获罪，则不可取。可身处封建帝王时代，所有人都认为兹事体大，不得不严，裴绍宗等人，一代廉吏、能吏、诤臣，落得这般境地，不能继续为国为民殚精竭虑，也可做另一个方面的历史明鉴了。所以，此时再读《河东裴氏家训》中“慎重言语”的训言“一言兴邦，一言丧邦。圭玷可磨，言玷永伤。驷不及舌，语出须防。少说寡祸，发言有章，”就会从裴绍宗悲剧形成的原因出发，去理解感悟《河东裴氏家训》了。

第六节　文治武功，以德辅仁的裴希度

一生文治武功，以德辅仁，政绩卓然，百姓爱戴。致仕后教书育人，著书立说，以身立言，博得盛名者，当数阳曲裴希度。

裴希度，字晋卿，祖籍河东闻喜，后迁居阳曲（今山西阳曲）。明崇祯七年第三甲第一百六十二名进士。登科后，授堂邑

县（今江苏六合）知县。

励精图治

裴希度初到堂邑县时，为了明志，他用毛笔大大地写了“父母”两字，贴在大堂正中上方，以表明他要当好“父母官”的心迹。上任时，恰逢天下大旱，颗粒无收，饥民哀嚎，饿殍遍野。加之崇祯年间朝廷不稳，吏治腐败，社会动荡，边疆告急。朱由检虽然想整肃吏治，兴盛国祚，怎奈虽有雄心壮志，却积重难返，无力回天。此时各地农民起义风起云涌，堂邑百姓流离失所。

见此情景，裴希度心怀悲切，想方设法，多方调度粮食物品，安抚救援百姓。他命县衙小吏每日在衙前煮粥赈济百姓，被他救活的人成千上万。为了巩固城防，他作为一方知县，动员百姓修补城墙，疏浚护城河，完全不听信堪舆家“不宜动土”的劝告，加紧施工。即使身体有恙，他照样身先士卒，毫无退意。

裴希度精心治理堂邑，给贫苦农民分发耕牛和种子，劝勉农耕。他废止了当时的签报制度，分发库粮，以解民困。裴希度还革除了按户为朝廷养马的做法，集中于县里饲养，以解除百姓困扰，化解朝廷补贴不足的矛盾。这都是他在当地任职时的善政。

为官有方

裴希度在处理公务之余，还常常读经课士，使堂邑文风蔚起，风俗清淳。因政绩突出，他被调为工部政事。不久，又提升为监察御史。

当时，李自成的农民起义军已逼近京城，裴希度负责巡视京城南部防务。朝廷认为京城居民太多，粮草供应不足，为满足城防官兵的供给，决定将陕西、山西、河南留居京城的百姓，统统驱逐出境。裴希度认为，此时将这些人们驱离京城，无异于让他们去赴水火，遂想法拖延，拒不执行。同时加紧整顿保甲制度，想用以静制动的办法来消弭祸乱。

但是，李自成的起义军声势浩大，长驱直入，大明王朝大势已去。裴希度所做的各种努力，只是杯水车薪，无济于事。不久，农民起义军攻入太原，因裴希度在京为官，母亲范氏和她的几个妹妹恐李自成的起义军加害，都在阳曲投井自杀了。裴希度痛念母亲不甘受辱的气节，便把自己在太原的别墅改建为报恩寺。料理完母亲的丧事，守孝三年后，他受清廷之命，巡视漕运。在此任上，裴希度清正廉明，公正执法，不畏权贵的威逼利诱，革除了猾胥奸吏利用管理漕运之便中饱私囊的积弊。

不久，朝廷又委派他督办两淮盐运。因裴希度革除弊端，严惩贪污，被忌恨他的人诬告，贬官为陕西按察使经历（清沿明制，于各省按察使司下置经历司经历一人，正七品，掌管讼文的往来回复）。没多久，因其办理公务兢兢业业，遂又内调京城，升为大理寺右丞，很快又转为左丞，后又提拔为通政司参议，太常寺少卿。

清顺治年间，由于年事已高，裴希度甚觉力不能逮，所以上奏朝廷，辞官回乡。准辞回乡后，裴希度闭门谢客，教子读书，一直到六十三岁辞世。堂邑百姓听到裴希度去世的消息，不远千里，纷纷赶往阳曲祭奠，相约前来的竟有一二百人，可见他在堂邑百姓心中的威望有多高。

文才突出

裴希度不仅为官正直，政绩卓然。他还饱读诗书，又擅长诗律音韵，著有诗集《澹命野啸》并传世。另外，他还潜心编纂了《息斋藏书》，为子弟们指点读书迷津。此书第一卷为儒学经典辑要，第二卷为“道统中一经”，第三、四、五卷为“四子丹元”，第六卷为“学镜约”，第七卷为“心圣直指”，第八、九、十卷为“嘉言存略”，第十一卷为“公余证可”，第十二卷为“麈谭摘”。《息斋藏书》都是裴希度为子弟讲学时的言论和观点，其中有许多是与蔚州（今河北省蔚县，清康熙三十二年以前隶属于山西省大同府治）魏象枢（康熙年间进士，官至左都御史、刑部尚书）之间的学术探讨的内容。《息斋藏书》第一卷至第十卷是先贤圣人之言行记录，其中也有裴希度自己对这些言论的认知观点，以帮助子弟们了解先贤圣人思想的底蕴。

第十二卷“麈谭摘”，大多是同友人的书札往来，从中可以看出，与裴希度书信来往的大多是学识与名望很高的人。《息斋藏书》后收入《四库全书》。

裴希度可谓诗书传家。他的孙子裴蓝仙学识渊博，德高望重，于乾隆己巳年、嘉庆丙辰年，两次参加清廷举办的“千叟宴”。他的曾孙裴谦，入翰林，后来提升为侍讲学士，成为一代帝师。裴谦还曾经主持过贡举考试，有诗集《竹溪诗草》传世。

另一位裴希度

裴氏家族中还有一位与裴希度同姓同名的人物，号绿野，当涂（今安徽马鞍山当涂）人。他世袭指挥佥事，喜欢读兵书，精于骑马射箭，武艺高强，历任福建总兵。这位裴希度流传于世的事迹，就是与郑芝龙之间的较量。

郑芝龙，字飞黄，小名一官。福建南安人，明末清初东南沿海第一大海盗，最大的海商兼军事集团首领，先后归附明清两朝为官。

郑芝龙以东南沿海为基地，以海商兼海盗（随朝廷政策的变化，他的身份也发生变化）的身份活跃在海上。郑芝龙经营的武装海商集团很著名，为明郑势力的肇始。郑芝龙在中国台湾建立根据地，不仅建立了一支实力强大的私人海军，而且效仿明朝在台湾设官建制，形成了初具规模的割据政权。明政府无力剿灭郑芝龙，便转为招抚。崇祯初年，郑芝龙接受明朝招抚，官至都督总兵官。不久，清军入关，郑芝龙于顺治三年降清后被软禁北京。清廷因郑芝龙多次招降其子郑成功不成，于顺治末年将其杀害。

郑芝龙在十七世纪中国明朝海禁与世界海权勃兴的时代背景下，以民间之力建立水师，周旋于东洋及西洋势力之间，并于崇祯六年在泉州金门岛的料罗湾海战中成功击败西方海上势力，在郑和船队退出南中国海二百年后，重夺了海上主导权，是大航海时代东亚举足轻重的人物。郑芝龙为其子郑成功留下了强大的海上基业，郑成功以此作为抗清力量，并以武力成功驱逐荷兰人，收复了台湾。

这位裴希度就是在这时与郑芝龙对抗较量的。当时，郑芝龙的船队经常在福建沿海一带骚扰抢掠，仗着拥有像城墙一样高大的船舰，高扬帆篷，瞬息千里。裴希度想出了破兵之法，他预先在小船里埋伏勇士，都拿着长钩利斧。等到郑芝龙的船队靠近，突然杀出，钩住敌船，使之不得逃脱。兵勇举起利斧，登船砍杀，杀死海盗无数，并缴获敌船。郑芝龙驾着哨船，远远观望，无可奈何，只好逃走。经过几次较量，郑芝龙不得不接受招安，福建一带从此太平。

两位裴希度无论为文为武，都尽心为官，报效朝廷，泽被一方，所言所行皆合裴氏家训的所有训言。如此，方成正果，流芳于世。

第七节　宦海浮沉，留心错失的裴徫度

裴徫度，字晋武，又字香山；号行庵，又号一元道人；山西曲沃人。敦煌太守裴遵为其先祖，其后人定居闻喜。

裴徫度祖父裴良积，为明代万历年间的镇殿将军。当时，北部边境很不安宁，将军奉调驰援，他把家事全部托付给夫人上官氏，慷慨赴边。不幸疾病发作，卒于途中。将军有子二人，长子

裴加厚，字富吾，次子裴加增，字寿吾。裴加厚为裴徫度之父，一生未仕。裴良积殉国当年，裴加厚年方十六。他只身远赴边地，访求父亲遗骸，背负万里，终于使亡父魂归故里。饥年，他曾在家乡设棚施粥，拯救灾民，救活了不少濒临死亡的人。

早年坎坷

裴徫度九岁而孤，但他少年倜傥，大志早立。年方十七，便补为博士弟子员，受业于韩文懿之门。裴徫度工诗文，能书善画。王渔洋、沈绎堂、田纶霞等名人都与他结为挚友。他因应试京兆，两次名落孙山，就由附贡生通过捐纳成为部主事。

裴徫度原娶邹氏，多年无子。继娶严氏，又未生育。后来，两位夫人相继而亡。裴徫度虽年过而立，却膝下无子，又成了鳏夫，感到心灰意冷，随后抛却红尘，从此出家。他隐姓埋名，浪迹江湖，客游于江浙一带。

家人不知他的去处。恰逢河南商丘的宋荦任江苏巡抚，裴徫度的兄长裴中翰就给宋公写去一封书信，要他查访裴徫度的下落。宋荦派出属吏，四处寻访。后来，在金陵江边，看到船中有一个长髯道人，须长六寸，声若洪钟，身材伟岸，相貌奇特，并且说一口山西话。吏役们上前去盘问，那人笑而不答，衙役们拿出裴中翰的书信给他看，那人才吃惊地站起来，接过书信，一读便潸然泪下，果然是裴徫度。于是，经宋公介绍，裴徫度又娶了邓氏夫人，这就是裴宗锡的生母。

进入官场

后来，裴徫度再次入京补官，康熙三十五年，授刑部主事，康熙四十五年，迁为刑部员外郎。四十六年，迁户部郎中。四十九年，授云南澄江府知府。五十四年，调往广南（今云南文山州广南）府。

不久，他被地方推荐，入朝觐见。康熙知道他善于写诗，让他写应制诗，他连写几首，全部符合康熙心意。康熙想委派他前往西南边陲任职，予以重用，但裴徫度认为云南地方偏僻遥远，恐怕不足以施展才能，有些犹豫，没有立即答应。朝廷特赐给他蟒袍。

康熙五十五年，裴徫度擢升河东盐运使。不久，改任两浙（浙东、浙西）江南运司。当时，浙江杭州一带常有海啸灾害，海堤溃决。裴徫度奉巡抚徐元度之命，负责在海宁一带修筑海塘。工程持续了一年，工费不足，裴徫度就捐出私财来补贴。即将竣工时，狂风大作，海潮铺天而来，撼天动地，海塘随时有崩塌的可能。一天晚上，有人说神灯隐没在某段海塘之下，人们惊慌失措，纷纷退逃。因为，据说海灯出现的地方，海塘一定会决口。同级官吏拉着他，要他快跑，他说："这不是你的责任，你们快快逃命吧！我要和大堤共存亡。"裴徫度不信符命，他神色坚定地站在海塘边，半截身子浸泡在冷水里，亲自督促兵民护卫大堤。坚持了数日，海潮方退。沿海各地许多海堤都崩塌了，唯有裴徫度督修的这一段，牢如泰山，岿然不动。但是，裴徫度从此却患上了腰腿肿疼的痼疾，终生未愈。附近几个县的百姓常说："裴公是我们的再生父母。"康熙五十九年，裴徫度升迁为湖北按察使，他破大案释疑狱，被人称赞断案如神。康熙六十年，他再度升迁为贵州布政使。

主政江西，成绩斐然

雍正元年正月，擢升裴徫度为江西巡抚，他经过深入调查，发现江西税关设置不合理，徒劳百姓。遂于九月上疏朝廷，提出："九江旧关，上有龙开河、官牌夹，下有老鹤塘、白水港，地势宽平，泊舟安稳。离湖四十里曰大姑塘，为商舟所必经。水涨则有女儿港、张家套，皆可泊舟；水落则平湖一线，夹岸泥沙，无风涛礁石之险。请仍移关九江，而于大姑塘设口分抽。"他建议进行调整，把税关设置在九江，这项措施既维护了货物生命的安全，又方便了商人和百姓，还增加了税收，合情合理，很快得到批准，皇帝特地下达圣谕，催促落实，令裴徫度会同督臣查弼纳料理移关事宜。

江西历来是产粮重地，南昌、袁州（今江西宜春）、瑞州（今江西高安）三府赋税的数额，从明代起，就沿用了陈友谅时的旧制，与其他府相比，征收税额明显偏重。顺治年间，减免了袁州、瑞州二府的赋税数额，而南昌府没有减免。老百姓负担仍然很重。雍正二年闰四月，裴徫度就南昌府增粮额度偏高，向朝廷上疏，申明减免南昌府赋税的理由，皇帝批准，将他的上疏下达到户部进行讨论，结果豁免了南昌府多收的浮额银七万五千五百四十两有余。

福建、浙江、广东的流民涌入江西，在山坡上搭建窝棚，种植烟草和靛叶，聊以为生，称为"棚民"。他们往往是居无定所，不时流窜，成为盗贼。又因没有户籍、土地，也不交粮纳税，这一流民问题成为当地社会治安的一大隐患。在此之前，万载（今江西宜春万载）棚民温上贵，宁州（今云南玉溪华宁）棚民刘允公等，聚众起事。裴徕度亲督兵勇缉拿，首犯全部归案。为了加强地方管理，裴徕度上奏朝廷，请求给没有编户的游民进行编户。皇上肯定了他的意见，勉励了他一番。朝廷还下诏，让他按照保甲制度进行编户。编户制度推行后，流民有了名正言顺的土地，得以安居乐业。当地的社会秩序明显好转，国家的税收也增加了。

江西里长催收粮税，累及百姓；而且当地民俗崇尚巫觋邪教，皇帝下了一道手谕，要地方严禁和革除。九月，裴徕度向朝廷上疏申明粮税累民的原因及改良办法，获圣旨褒奖。十月，裴徕度请求入朝晋见。雍正下手谕阻止，说："卿自巡抚江右以来，甚惬朕意。即来京，朕亦无多面谕之处，不必来。"

雍正三年二月，裴徕度奏报开垦南昌十二个县的荒地达五十二顷之多，朝廷把这一业绩通报各部。另外，他除兴建了节备仓外，还重修了庐山白鹿洞书院，并亲自去教授弟子，培养人才。

当时，总督查弼纳正在计议重开广信府原来被封禁的山岭，朝廷下谕请裴𢔶度酌情处理。于是，裴𢔶度上奏，申明继续封禁的缘由，朝廷采纳了他的建议，决定将这些山岭继续像当初一样封禁。雍正四年二月，裴𢔶度因政绩卓著，升迁为户部左侍郎。应当地官员和百姓的坚决请求，他继续留任巡抚。七月，擢升他为都察院左都御史。

九月，雍正接到举报，说江西各州县谷仓大多亏空，特地派遣吏部侍郎迈柱前往查处，命令历任院司官员分额赔偿，裴𢔶度承担的份额最多。裴𢔶度本已上京城赴任，此事一发，只好被迫奉命返回留任江西，接受审查。雍正五年正月，雍正下手谕令各省州县于三年之内将所亏仓谷悉行买补，务期足数，违者重治其罪。裴𢔶度及原任布政使张楷、陈安策，均革职质审。到了闰三月，雍正又下谕指示：江西通省折价银两交与裴𢔶度及历任布政使作速照数买谷还仓，不得借端丝毫派累小民。被罢免后，裴𢔶度羁留江西数年，后来又羁留在云南数年。裴𢔶度变卖家产，购买稻谷，破产输公，几乎到了扫地出门，赤身孑立的地步。过了六年，直至几乎把国库缺粮数额赔补完毕，才蒙诏赦免，终于在雍正十年释放回曲沃原籍待罪。此后，他赋闲在家十余年，直到去世。

晚年享受生活

回乡后，裴𢔶度除了热衷于公益事业外，就是尽享天伦，或写诗自娱，如《山庄散步》就是他晚年悠闲生活的写照：

微吟已过柳村西，缓步逶迤到竹溪。跨背横吹童叱犊，倚门洒粒妇呼鸡。树梢野鼠偷松子，檐下贫僧补纳衣。胜地徘徊归去晚，萦纡石径乱云迷。

乾隆五年，裴徫度老死家中。让人惊叹的是他临终时，竟然手书《遗命诗》一首，正容端坐而逝。其后人将他埋葬在浍河侧畔，紫金山下，与他的两位兄长同立一碑。裴徫度留下一子，名裴宗锡。

裴徫度的主要著作为政书：《请免南昌府属浮粮札子》《请移湖关札子》《报行社仓疏》《创建节备仓记》《陈封禁山情形札子》《请封禁山仍旧封禁札子》等；他一生注重修身，留有《自志戒文》；他写的碑记有：《重修王文成祠记》《重修南昌万寿宫记》《白鹿洞增建书屋记》《重修豫章书院记》；他倾半生精力，收集资料，修成《裴氏世谱》稿本，可在他被罢官后，大多散佚。十多年后，才由他的儿孙裴宗锡、裴正文完成。他的诗歌有《卧佛寺》《由翠微寺登宝珠小憩》《西园偶和》《题匡庐夜月图小照》《汾川闲吟》等。

汾川闲吟

雨过花明鸟学吟，风来修竹自萧森。
年丰地僻身无事，一卷黄庭养道心。
百宝楼台万佛山，群真缥缈翠微间。
老僧入定禅机息，窗外孤峰月半环。
不务虚名不缀文，半生诗卷一朝焚。
只今学得希夸法，踏壁空山卧白云。

年来多病起常迟，卧对南山和药时。
闭户不知春日晓，数声啼鸟上花枝。
三间矮屋仅堪眠，何事关心物外牵。
静向书中消白日，闲从水底识青天。
道帽僧鞋儒者衣，闲拖竹枝步芳菲。
春风杨柳黄鹂啭，细雨池塘紫燕飞。

裴徲度宦海沉浮的教训，就在于他没有遵循《河东裴氏家训》中“讲求公德”的训言：“置身社会，公德第一。爱惜公物，遵守序秩。时时警惕，留心错失。祛除自私，免贻人疾。”令后人为其抱憾。

第八节 尽心政务，鞠躬尽瘁的裴宗锡

裴宗锡，原名二知，字午桥，山西曲沃（今山西临汾市曲沃县）人。裴徫度之子。生于康熙五十一年壬辰五月三日。据说他出生时，父亲裴徫度昆明官衙池塘里的浊水忽然变得清澈见底，人们说这是吉兆，认为这个孩子将来一定会有出息。

天资聪明，孝顺父母

民间相传，裴宗锡自小就聪明伶俐，有天赋才气。连雍正皇帝也时有所闻。一次朝觐时，雍正心血来潮，令裴𫍯度带子上殿面君。由于宗锡口齿伶俐，奏对合体，深得雍正赏识，竟脱口说出：“父巡抚，子巡抚，父子巡抚。”裴𫍯度立即跪地，口称“谢主隆恩”！自古皇帝金口玉言，一言九鼎。雍正情知失言，也只好当殿许了裴宗锡一个“巡抚”头衔。后来，裴宗锡确实官至巡抚，但并非凭父荫或雍正这次意外恩宠。

裴宗锡年幼时，曾经和母亲坐船前往湖北，途中狂风大作，舟船几乎倾覆，他母亲邓氏不停祷告神灵保佑，并且嘱咐裴宗锡说：“不要害怕，你父亲没有作恶，我们应该会逃过这一劫。即便有事发生，也是命中注定呀！”裴宗锡一个小孩子，不仅不害怕反而护着母亲，安慰大人。船中的人都佩服他的镇定和勇气。

早年，他随父亲辗转云南、江西等地。少年时，在云南待了六年，接着在江西待了十年。父亲被罢职后，裴宗锡回曲沃在膝前尽孝十五年。父亲去世后，他又苦读十年，但应试不举。后以监生身份，通过捐纳银两，取得同知资格。

乾隆十五年，裴宗锡被遴选为山东济南府同知。不久，改授青州府知府。裴宗锡派人到曲沃老家，迎其母邓太夫人，以便就近尽孝。邓太夫人以道路遥远，坚决推辞。随后，听说儿子要弃官回家奉养她，才打点行装，动身前往。到了青州，老夫人令裴宗锡站在庭堂上，责备他说：“你父亲承蒙国家恩典，尚未报答，报效国家的责任就在于你，你却因为我的缘故而要退职，好像是由于我的缘故，让你辜负了国家，无法了却你父亲的心愿。这难道是我教你不忠不孝的吗？你把我看成什么人啦!”裴宗锡一再叩头赔不是，过了好久邓太夫人才罢休。

清正廉洁做官

在青州任内，裴宗锡大兴水利，疏通引导博兴湖、大清河、小清河等，开垦稻田七八千顷，沼泽地则辟为荷塘，空地则种植柳树和菠萝树，教导百姓饲养山蚕，使青州野无旷地，民无不富。青州官员百姓都称赞裴宗锡是自富郑公（北宋官员）之后，唯一的一位清官。晚年，裴宗锡也说：“我一生为官执政，只有青州这七年，恐怕是当之无愧的。”

乾隆二十二年丁丑，裴宗锡调济南府。两年后，他再调济东泰武道。乾隆二十七年，又调任督粮道，次年再调任直隶霸昌道。五月，裴宗锡升迁为直隶按察使，九月，裴宗锡上疏，建议：“古北口外山场，产菠萝树，土人俱伐作薪，不谙养蚕。此树本名橡树，入土即生，三四年后，叶可饲蚕。臣前在济东，饬属遍栽，颇有成效。今以之供薪，殊觉可惜。请照东省法，劝民广栽试养，则地无旷土，而民获利益。”乾隆亲下手谕，转发给直隶总督方观承实施妥办。

裴宗锡在直隶为按察使六年，当地诉讼官司虽多，他却能雷厉风行，断狱从不拖延。有人问他，你有什么办法，他说：

"没有别的，多思索，自通神明。滞留因循，也是草菅人命呀！何必拿着刀锯亲自去杀人呢！"直隶总督方敏恪很赏识裴宗锡，但裴宗锡耿介自持，从不阿附，以致于经常和方敏恪发生冲突。等到方敏恪病重，反而把他的孤子托付给经常顶撞自己的裴宗锡照顾。人们都佩服方敏恪知人善任，也盛赞裴宗锡公私分明，笃于情谊。乾隆皇帝听到裴宗锡的政声，每年到热河行宫，多次召见他，询问裴宗锡的家世和当地民情。裴宗锡侃侃作答，经常是一两个时辰才出来。乾隆更加赏识他，想要委以大用。等听到他抚养敏恪遗孤的事情，十分嘉赏。不由得赞叹他："真有古君子之风呀！"

曲折官路

乾隆三十二年，云南一带用兵，朝廷命令裴宗锡为按察使，督查直隶驿站。这年六月，慈母去世，他丁忧回籍守孝。乾隆三十四年，他因在前按察使任内，错误地给予驿站车马，经过吏部议处，降职调用。后来，参照总督杨廷璋声明的裴宗锡曾自行检举过失，仅销去所加二级，仍然按候补官员降一级使用。乾隆三十五年三月，皇上亲下谕旨，指示："裴宗锡将届服阕，着仍补授直隶按察使。"六月，朝廷授裴宗锡为安徽布政使。不久，裴宗锡擢升为安徽巡抚。

任命刚下，裴宗锡朝夕惶惧，担心无以报效。他说："圣主用我，是因为我对百姓事务能够留心罢了。"于是，他经常单舟轻车巡视各地，凡是有益于国计民生的事，无不悉心询问，仔细权衡，据实入奏。皇上批答道："具见留心本务，勉力行之，以徐以实，而不致滋扰，当日计不足，而月计有余也。"裴宗锡接旨后感动得直掉眼泪，更加努力勤政，毫不懈怠。十二月，因为他行政中又出现了过失，诏交吏部讨论，拟降职调用。后来又下诏革除裴宗锡原职，继续留任。

乾隆三十六年正月，裴宗锡上奏："安徽买补仓谷，请照江苏巡抚萨载奏准之例，于正价外，每石增销运脚银八分。"朝廷把他的奏疏转发到户部，经户部官吏商议，特许按照裴宗锡的请求办理。二月，裴宗锡又就疏通河道的问题上了一道奏疏，称："安庆濒江，旧有漳葭港河，土人呼为老河。上通潜山、太湖、望江三县，下达于江，为漕艘南船往来停泊之要区，淤久渐成平陆。前抚臣张楷于上游开新河一道，地高水急，重载逆上，仍难进口，暴风猝起，每虞覆溺。请仍将老河开通，使归故道，较为妥便。"不久，乾隆降下手谕："俟总督高晋履勘再行酌办。"不久，经高晋勘查，奏报朝廷，按裴宗锡的建议实行。此举为漕运船只开辟了一个避风停泊的港湾，减少了翻船事故。他还修筑了太平庐州江堤，避免了水患，维护了人们的生命财产安全。

乾隆三十七年，裴宗锡又就农田水利问题，上了道奏疏，其中写道："农田水利，民食攸关。凤、泗所属州县，高阜之地，无水源可引，宜多作池塘。低下处，夏秋水涨易浸，宜厚筑圩围以备灌溉，而资捍御。现饬属相度挑筑。又凤阳一带，高冈旷野，不宜五谷，令各随土宜种树资用。”朝廷特下手谕，嘉奖他留心本职政务。

乾隆四十年五月，朝廷将裴宗锡调为云南巡抚。滇省政务中铜务最为重要。裴宗锡一到任，就翻检历年文案，并且深入基层，调查了两个月之久，针对云南铜矿开采运营管理混乱一事，上了道“筹铸息增铜价”的奏疏，他提出：“欲官铜必先杜私售，杜私售必先增官值。”“滇省管厂官，向多杂职微员。臣思铜、银各厂，动关巨万。铜厂之采挖煎炼，出纳经营，尤非易事。杂职既难深信，而虚报铜斤，滥放工本之弊，亦复不免。查承运京铜例，遴州县丞、倅。试用人员、运员、与厂员事同一例。请嗣后厂务悉归地方官经理，即距厂较远，必须另委专员，亦改委州县丞、倅等官，庶事权归一，积弊可出。”奏章刚写成，裴宗锡奉命调往贵州，他遗憾地说：“吾既见于此，弗敢隐也。”最终还是把奏章报给朝廷。皇帝仔细阅读了他的奏章，对他的建议和设想大为赞赏，特地下诏，按他的建议实行。这件事，对于那些事不关己，高高挂起的官吏，应该有所启发教育。但是他离职后，负责官员执行不利，铜价没有涨，云南产铜日益减少。

十月，又调他署贵州巡抚。第二年四月，裴宗锡就贵州财政紧张一事上奏，称：“黔省地处边围，司库备贮银宜宽裕。请敕部拨银三十万两，解黔备用。”朝廷批准了这一请求。朝廷的决定，无疑对安定西南边陲有一定的指导意义。他在贵州还重修了名胜古迹甲秀楼。由于他尽心政务，鞠躬尽瘁，他的精力也渐渐地耗尽了。

善用人才

裴宗锡自幼便记取其父裴徕度的教训，为人不设城府，无论贵贱，均能平易近人，唯恐埋没了人才，由他扶掖成才做了大事的人就有十几位。他曾经对人说："我做官后，所承办的地方事务，无不依靠僚属及朋友的帮助。一个人的才识能有多少呢？择善而从，何必己出。"乾隆四十三年，嗣曾等人由于裴宗锡荐举做官，前来面谢他，他说："进退人才，自是公事。余在黔（贵州）劾去一道三府，而人不以为刻者，无私故也。不在怨，敢在恩乎？"嗣曾等人敬畏地看着他，都站了起来，很不好意思。

乾隆四十四年六月，裴宗锡因病请求解除现任，总督李侍尧代裴宗锡上奏朝廷。就在这个月的二十三日，裴宗锡因积劳成疾，不幸病故，时年六十七岁。裴宗锡一生尽心政务，以致鞠躬尽瘁。堪称《河东裴氏家训》的忠实践行者。

裴宗锡虽为山西曲沃人，但生于云南，死于云南，可谓和云南结下了生死之缘。朝廷听到讣闻，又特下谕旨，对他的后事进行了妥善安排，依照功臣的惯例，赐赙为他举行国葬。大李裴家奉敕在曲沃高显镇建"河东世家""父子巡抚"牌坊。

裴宗锡的政论著作很多，主要有《查办凤泗地方农田水利疏》《请濬漳葭港老河疏》《请养山蚕疏》《山蚕谱序》《筹办滇省铜务札子》《新开铅厂有效预筹改拨札子》《铜政源流汇说》《请开牛皮大箐寓防于屯札子》等；另有碑记、行略《邓太夫人行略》《题明黔宁沐昭靖王世像》《重建贵阳万寿宫碑记》《重至澄江郡治记》《试资田记》《濬漳葭港老河碑记》《重修余忠宣公祠记》等；裴宗锡继承父志，增修《裴氏世谱》，写过一篇《裴氏世谱·艺文志·跋》，他的诗文存世不多，如《重过飞云岩感赋》《题秀甲楼》等。

裴氏

【第四话　满门才子闻天下】

第一节　“制图六体”学说之裴秀

举止谦虚，孝敬长辈

裴秀，字季彦，河东闻喜裴柏村人。他出身官宦之家，祖父裴茂，父亲裴潜，都官至尚书令。裴潜的家教很严，俭朴之风上下相效。史书记载，他一家大小，常常一天只吃一顿饭。在良好的家风熏陶和裴潜以身作则的带动下，他家满门栋梁：

裴秀为尚书仆射，二弟裴缉为工部尚书，三弟裴绾为尚书令。有人称其“一堂父子三宰相”。裴秀的生母出身卑微，受到了嫡母宣氏的鄙视，在家族里地位低下，不受敬重。裴秀从小就懂事，听从生母的话，知道为母亲分忧。他学习刻苦，孜孜不倦，颇有心得，八岁就能写文章，年少时就颇有声名，受到大家的喜爱。裴秀从不放过任何一个学习的机会。家中每次有客人来访时，裴秀言语虔诚，举止有礼，借机和客人交谈几句，获得知识。客人们见他如此虚心懂礼，也都很喜欢他。裴秀向来访的客人虚心学习，养成了优雅的谈吐和高雅的气质，遇事不慌不忙，平静淡定。《弟子规》道：“凡道字，重且舒。勿急疾，勿模糊。”这就是讲的裴秀的故事。

裴秀受叔父裴徽的影响比较大。裴徽担任过三国时期魏国冀州刺史，学识渊博，善言玄理，与傅嘏、荀粲是好友。傅嘏担任魏国的尚书郎，才干练达，善谈名理。傅嘏与名将钟会私交甚密，钟会由于征讨蜀国有功自傲，傅嘏对他直言相劝：“你志向很远大，但要取得功业必须得到别人的支持与配合，平时应当在言行上谨慎小心。”钟会听了后，肃然起敬，立即收起了骄傲的容貌。荀粲是魏国著名的玄学家，善谈玄理，名噪一时。傅嘏和荀粲常常相争不让，难分伯仲。裴徽作为仲裁人，与他们互相沟通，使二人平息争端，叹服不已。

当时，裴徽在家居住时，宾客盈门，经常拜访的人络绎不绝。那时裴秀十几岁，已经负有盛名了。有的宾客拜访裴徽之后，出门又去看望裴秀，与裴秀谈玄论理，请教学问。裴家宴请宾客时，嫡母宣氏让裴秀的生母给客人端茶倒水。裴秀看到母亲很累，就帮助母亲做家务。宾客们见到裴秀帮母亲做家务，都起身向裴秀的母亲问候，很是恭敬。裴秀生母对人说："我出身微贱，大家看得起我，都是因为我儿子的缘故啊！"宣氏听了之后，一改往日的倨傲，从此不让裴秀的生母做这种事，对裴秀生母的态度变得好了起来。人们称赞裴秀说："裴秀孝敬母亲，同甘共苦，侍奉宾客，彬彬有礼，真是青年领袖啊！"裴秀当着客人的面，奉茶倒水，毫不拘谨，为母亲分担屈辱，改变了母亲的家庭地位。

官场彰显学问

度辽将军毌丘俭很欣赏裴秀的才华，向当时的大将军曹爽推荐裴秀，称赞他说："生而聪慧，崇尚自然，虚静守真，研究深奥之道，博学强记，无文不通，孝敬尊长，友善兄弟，美名著于乡里，高声闻于远近。确实应为圣明天子的辅臣，登三公之位，参赞于大府，功德昭化天下。不只是子奇、甘罗这一类的人物，兼有颜回、冉求、子游、子夏的美德。"曹爽任命裴秀为黄门侍郎，并继承父亲的爵位成为清阳亭侯。曹爽在朝中削弱司马懿的势力，逐步架空了司马懿，并且独断专行，刚愎自用，饮酒作乐，极尽奢华。司马懿称病不朝，养精蓄锐，在正始十年发动高平陵政变，抓获了曹爽兄弟与其亲信党羽，屠灭了曹爽三族。

魏朝大权落入司马氏手中。裴秀因是曹爽任用的官吏，被解除了职务。后来，司马昭掌握大权后，裴秀重新得到了重用，他提出的有关军事和政治方面的建议，常为司马昭所采纳，被任命为散骑常侍，在皇帝身边做顾问。当时，魏帝曹髦好学有文才，多次请裴秀及王沈到东堂一起讲解谈论学问，切磋文章，称王沈为文籍先生、裴秀为儒林文人。

晋武帝司马炎代魏称帝后，裴秀又先后担任尚书令和司空，成为西晋的最高军政负责人之一，并主管全国的户籍、土地、田亩赋税和地图等事。裴秀接触了更多的地理和地图知识，他对古代地理和地图进行了仔细整理和精心研究。

我国地理学起源很早，远在三四千年前的商周时期，国家已经设置了专门掌管全国图书志籍的官吏。大约在春秋战国时期，出现了历史上一部地理学名著——《禹贡》。到了魏晋期间，因为年代久远，《禹贡》中所记载的山川地名已经有很多变更。裴秀认为《禹贡》中的山川地名时间长了，多有改变。后世说法中有的牵强附会，含混不清，不利于对土地的开发和利用。裴秀翻阅了遗留下来的大量古籍资料，在详细考证古今地名、山川形势和疆域沿革的基础上，以《禹贡》为基础并结合当时晋朝的分州绘制的大型地图集，绘制了《禹贡地域图》十八篇。图上古今地名相互对照，它不仅是当时最完备、最精详的地图，更重要的是它采用了科学的绘制方法。裴秀在完成这本地图集的绘制以后，把它进呈给晋武帝，由秘书省收藏。

“制图六体”学说

据史书记载，裴秀除了绘制《禹贡地域图》以外，还绘制了一幅《地形方丈图》，对后世地图学的发展有相当大的影响。当时，有人绘制了一幅《天下大图》，规模庞大，据说用缣八十匹，这在当时世界上是绝无仅有的。但是这幅《天下大图》有一个缺点，就是不便携带、阅览和保存。于是裴秀运用制图六体的方法，“以一分为十里，一寸为百里”的比例尺（大约相当于一百八十万分之一）把它缩绘成《地形方丈图》，并且把名山、大川、城镇、乡村等各种地理要素清清楚楚地标示在图上。这样，阅览它就方便多了。可见裴秀已经掌握了缩放技术。裴秀还著有《翼州记》《〈易〉及〈乐〉论》，以及《盟会图》和《典治官制》等。

裴秀的最大贡献是确定了“制图六体”学说，后人绘制地图基本上依据“制图六体”学说而为。裴秀《禹贡地域图》序曰：“制图之体有六焉，一曰分率，所以辨广轮之度也；二曰准望，所以正彼此之体也；三曰道里，所以定所由之数也；四曰高下，五曰方邪，六曰迂直，此三者各因地而制宜，所以校夷险之异也。”（《晋书》卷三十五）意思是，绘制地图的原则有六条。第一，分率（比例尺）；第二，准望（方位）；第三，道里（路程）；第四，高下（高取下）；第五，方邪（方取斜）；第六，迂直（迂取直）。裴秀指出，依据这六条原则绘制地图，可以反映山川道路和地势差异，准确地描绘地形地貌，有助于农业的发展和军事的需要。

这六条原则是相互关联、相互制约的。如果地图上没有比例尺的标记，则不能确定距离的远近。如果只有比例尺的标记，而无方位，则某地的方向虽然从某一方向看是对的，但从其他方向看就不对了。如果只有方位的确定，而无道路的实际路线和距离的表示，那么在有山水相隔的地方就不知该怎样通行了。如果只有路线和距离的标记，而无地面高低起伏和路线曲直的形状，则道路的远近必定与其距离不符，方向也弄不清。所以六条准则必然综合运用，相互印证，才能确定一个地方的位置、距离和地势情况。因此可以说，现代地图学所需要的主要因素，除经纬线和投影以外，裴秀都已谈及了。

南北朝时，文学家谢庄制造出一个方丈大的木质地形模型，后来北宋沈括、南宋黄裳与朱熹，都用木材、面糊、木屑、胶泥及蜡等制造地形模型。这些都是裴秀方丈图的继续演进，说明裴秀对后代地图学的发展具有深远影响。清代地理学家胡渭在他的《禹贡锥指·禹贡图后识》对裴秀的“制图六体”评价很高，指出：“三代之绝学，裴氏继之于秦汉之后，著为图说，神解妙合。”“制图六体”学说影响中国地图绘制千余年。

裴秀幼时勤奋学习，孝悌为先，长大后位极人臣，治国安邦，关心民瘼，受到人们的敬重。裴秀提出的“制图六体”原则，是绘制平面地图的基本科学理论，为编制地图奠定了科学的基础，它一直影响着清代以前中国传统的制图学，受到学术界的公认和推崇，被誉为“中国科学制图学之父”。西方学者对裴秀也给予高度评价，说他完全可以和古希腊著名的地图学家托勒密相提并论，而立于世界著名地图学家之林。可以说，裴秀开创了我国古代地图绘制学之先河。目前国内地图制图最高荣誉奖——裴秀奖，就是以他的名字命名的。

泰始七年三月初七，裴秀因服食寒食散后饮冷酒而逝世，享年四十八岁，谥号“元”。著有文集三卷。李约瑟称他为“中国科学制图学之父”，与古希腊著名地图学家托勒密齐名，是世界古代地图学史上东西辉映的两颗灿烂明星。

第二节　玉人裴楷

裴楷，字叔则，河东闻喜人。生于三国曹魏明帝景初元年，卒于西晋惠帝元康元年。祖父裴茂，在后汉灵帝时历任郡守、尚书；父亲裴徽，曹魏时官至冀州刺史。裴楷是西晋时期重要的政治家，也是著名的哲学家和名士。曹魏高贵乡公正元二年，他由大将钟会推荐，做了辅政的大将军司马昭的僚属，后升为尚书郎。魏元帝咸熙元年，司马炎为中抚军大将军，裴楷担任军事参谋。魏元帝曹奂禅让司马炎即帝位，裴楷先后做过散骑侍郎、散骑常侍、河内太守，后入朝为屯骑校尉、右军将军、侍中，与山涛、和峤等人同为司马炎身边近臣。

人品高洁，志向高远

裴楷少时聪悟有识，勤奋学习，很早就接触《老子》和《易经》的思想，等到成年后以老庄思想为基础深入地探讨人生和宇宙的道理，成为远近闻名的玄学家。魏晋时期，产生了以何晏、郭象等人为代表的玄学家，裴楷就是其中之一，玄学的兴盛具有特殊的时代背景，是和当时的社会形势密切相关的。

作为世家子弟，又是著名的玄学家，裴楷人品高洁，志向高远，不与浑浊的世道为伍，在乱世中保持了出淤泥而不染的高尚情操。正是由于这种品格，养成了他高贵的气质，丰神俊朗，风度翩翩，被当时的人称作“玉人”。南朝刘义庆《世说新语》记载当时有人称赞裴楷道：“见裴叔则，如玉山上行，光映照人。”意思是裴楷光彩照人，皮肤细腻，长得像玉一样，非常温润洁白，是世上罕有的美男子。当你接近他时，风神高迈，仪表俊爽，好像人行走在玉做的山上一样。其实，称赞裴楷的仪表，何尝不是称赞他的人品和学识，只有那样高洁的人品，加之学识渊博，不凡的谈吐，才能配得上玉人的称呼。

裴楷作为朝中高官，众人仰慕，可是他性情宽厚，与物无忤，淡泊明志，对于金钱财富名利看得很淡。闻喜裴氏是一个大家族，尽管有许多出将入相之人，但是，作为家族的一个整体，有几千人之多，因此，家族和亲友中也有一些穷困潦倒之人。裴楷乐善好施，助人为乐，常常把别人赠送给他的贵重物品转赠给穷困的亲友和部属。遇到谁家有困难，他出手帮助，义不容辞，受到整个家族的拥戴。在他眼里，亲友相处，和睦为贵，钱财之物是供人使用的，而不是役使人的。

裴楷有一个著名的哲学观点，叫作“损有余而补不足”，意思是天道运行，阴阳变化，减少多余的财物用来弥补不足的人，这是自然界的常理，也是平衡发展基础。裴楷忠实地践行了朋友五伦、以德辅仁的人生观。

直言敢谏，一心为国

曹魏咸熙二年，司马炎继承相国、晋王位，掌握全国军政大权。之后，司马炎通过大臣劝谏等方法，迫使魏帝曹奂禅让皇位。曹奂面对这种形势，只好下诏书说：“晋王，你家世代辅佐皇帝，功勋甚高，四海蒙恩，上天让我把皇位让给你，请顺应天命，不要推辞。”司马炎假意推让，心腹太尉何晏、卫将军贾充等人，带领满朝文武官员再三劝谏，司马炎才登上了皇位，建立了西晋政权。裴楷得到了钟会的推荐，受到了司马炎的重视。《世说新语·赏誉》：“吏部郎阙，文帝问其人于钟会，会曰：‘裴楷清通，王戎简要，皆其选也。’”司马炎称帝后让人占卜，预测晋朝的气数，岂料所得卦象竟然是“一”。他艴然不悦，莫非晋朝只能有一朝天子？这时，裴楷机智地奏道：“臣闻天得一以清，地得一以宁，侯王得一以为天下贞。”他的解释出自《老子》及其注文，“一”是“数之始，物之极”，是万物的本原和归宿。晋武帝听后愁容顿去，高兴起来，群臣亦叹服裴楷的机敏和博学。

裴楷直言敢谏，一心为国。司马炎建立晋朝后采取了一系列恢复经济生产的措施，屡次责令郡县官劝课农桑，严禁私募佃客；招募原吴、蜀地区人民北来，充实北方，废屯田制，使屯田民成为州郡编户。太康元年，颁行户调式，包括占田制、户调制和品官占田荫客制。晋武帝认为曹魏末期为政严苛，风俗颓废，生活豪奢，乃“矫以仁俭”，鳏寡孤独不能自存者赐谷五斛，免逋债宿负，诏郡国守相巡行属县，并能容纳直言。太康年间出现一片繁荣景象，历史上称为“太康之治”。裴楷鉴于历史上国家兴亡的教训，指出汉魏的盛衰之迹，劝司马炎以史为鉴，治国安邦，避免重蹈覆辙。

司马炎励精图治，自以为受到臣民的拥戴。有一次朝会后，司马炎问裴楷道：“天下人怎样评论我的得失？”裴楷直言不讳地说：“陛下之所以不能与尧舜相比，就是因为朝中有贾充这样的人在！”贾充就是后来的晋惠帝的皇后贾南风的父亲。司马炎去世后，司马衷即位，懦弱无能，贾南风在皇后位置上，专横跋扈，谋害大臣，任用亲信，培植党羽，从而引发了“八王之乱”，战火绵延，国无宁日，人民生活在水深火热之中。

制定《泰始律》

裴楷从咸熙元年到司马炎泰始四年，参与了晋朝法律《泰始律》的制定，其中的科令条文便是由他来撰写的。《泰始律》是中国封建社会中第一部儒家化的法典，其主要特点是“峻礼教之防，准五服以制罪”。在参照汉代法典《九章律》和曹魏《新律》的基础上，《泰始律》为二十篇，计为刑名、法例、盗律、贼律、诈伪、请赇、告劾、捕律、系讯、断狱、杂律、户律、擅兴、毁亡、卫官、水火、厩律、关市、违制与诸侯，共620条。

《泰始律》比前代律令的内容有所放宽。它“减枭、斩、族诛、从坐之条”，对女子的判处也有从轻从宽的用意。《泰始律》的这些变化，使其在实行中能够起到缓和阶级矛盾和统治阶级内部矛盾的作用，有利于巩固司马氏的江山。《晋书・刑法志》称其“蠲其苛秽，存其清约，事从中典，归于益时”。《泰始律》在中国法律发展史上有着很重要的地位，南北朝和隋唐沿用这部法律，对中国古代的法治建设起了重大作用。司马炎十分重视这部法律，让裴楷在朝臣中宣读，逐条讲解，人们被裴楷渊博的学识所折服。

风险官场路

魏晋时期，战火纷飞，狼烟四起，人民生活处于极度的动荡不安之中。尤其是曹魏晚期和西晋初期，社会动乱加上王室之间的争权夺利，钩心斗角，使人们感到人生无常，命运多舛。人生的意义到底是什么？人生的归宿在哪里？许多士大夫进行思考，热心研究老庄和《周易》的思想，融合儒家思想和两汉经学思想，关心宇宙的本源问题，探讨“有无”和“形名”之学，注重形而上的道术之辩，于是诞生了玄学。

西晋王朝存在的外戚专权，诸王纷争，钩心斗角，互相倾轧，残酷的政治斗争，使得裴楷多次面临危机，处境险恶。裴楷与汝南王司马亮，以及司马炎的夫人杨皇后之兄车骑将军杨骏都是儿女亲家。晋武帝司马炎在世时，曾经有传位于司马亮的意图，但由于受到杨氏外戚等人的阻挠，未能实现。司马炎临终，留遗诏让司马亮辅政，但这封诏书又被杨骏扣留。所以，司马炎死后，围绕着辅政问题，杨骏外戚势力与司马亮之间的斗争就加剧了。不久，杨骏被司马亮诛杀。由于裴楷和杨骏有姻亲关系，裴楷受到牵连，要全家抄斩。裴楷被捕入狱后，索要纸笔，从容与亲友诀别，将生死置之度外，充分显示了名士的风采。幸亏侍中傅祗的极力救护，朝中许多大臣也为他求情，裴楷才免去灭顶之灾。

司马亮执掌朝中大权后，由于和裴楷的姻亲关系想重用他。裴楷面对混乱的朝局，拒绝了唾手可得的爵位，以逃避政治斗争。不久，司马亮与司马玮又展开了权力斗争，裴楷面对官场斗争，保持中立，不参与权力斗争。在司马玮与司马亮争夺权力时，他请求到京城之外做官，任职为安南将军。人在江湖，身不由己，司马玮起兵杀死了司马亮后，裴楷也被缉捕。那晚，他单车入城，躲在岳父王浑家，一夜间换了八个藏身之所。翌日，楚王司马玮因“矫诏”而被杀，裴楷终于躲过了一劫。此后，他加官晋爵，做了中书令，与张华等人共掌朝政。历经官场斗争，裴楷感到人生无常，宦海险恶，萌生退意。全身而退又谈何容易，即使连他的岳父出面劝皇帝让他引退，却始终不能如他所愿。裴楷正直清高的行为受到推崇，当时有人称他“性不竞于物”“安于淡退”。

西晋惠帝元康元年，裴楷经过一系列人生考验，关心国事，积劳成疾，决意退出官场，还是得不到允许，不仅如此，皇帝还给他加官光禄大夫、开府仪同三司。据传，有一天，家中的厨子做饭时把米下到锅里，忽然发现米不是变成拳头的形状，就是化成血，有时还变成蔓青菜。难道，是上天要带走裴楷吗？不久，裴楷去世了，时年五十五岁。

裴楷生活在曹魏末年和西晋初期，居于庞大的国家机器之中枢，位高权重，环境险恶，正是外戚与司马诸王争权夺利的黑暗年代。只要稍有不慎，任何一次政治斗争都会使他陷入绝境。但是，裴楷却能够化险为夷，确实难能可贵。这一方面与他的政治智慧分不开，更主要就是他为人正直，心系百姓，以国家为重，不巴结权贵，不结党营私，始终保持做人的底线和高贵品格。

第三节　史学大家裴松之

裴松之，字世期，河东闻喜人，后移居江南。南朝宋代著名史学家，为《三国志》作注。裴松之与儿子裴骃、曾孙裴子野被称为南北朝时期的“史学三裴”，皆以注史享有盛誉。裴松之为陈寿《三国志》作注六十五卷，博采群书，史料翔实，流传千古，开启注史之先河。宋文帝称赞他：“此为不朽矣！”裴骃为司马迁《史记》作注，写成《史记集解》八十卷，流传于世。裴子野撰写编年体《宋略》二十卷，其叙事、评论都超出了沈约所著《宋史》的水平。

出身名门，勤奋读书

裴松之出身于名门望族，祖父裴昧官居光禄大夫，父亲裴珪曾任正员外郎。裴氏家族对于子孙的教育都是非常重视的。古代社会，读书是一个人安身立命步入官场的捷径。目不识丁，两眼抹黑，是不可能有出息的。《神童诗》：“天子重英豪，文章教尔曹。万般皆下品，惟有读书高。少小须勤学，文章可立身。满朝朱紫贵，尽是读书人。学问勤中得，萤窗万卷书。三冬今足用，谁笑腹空虚。”裴松之家家教全面，给子弟聘请了塾师，进行严格教育和文化熏陶。裴松之自幼就喜爱读书，对国学经典进行诵读。据说，八岁时就能够背诵《论语》，熟读《诗经》等。他十分珍惜时间，博览群书，一日不辍，常常是白天读书到了黄昏时分，也不觉得疲劳，家人呼唤也听不见，直到天黑得看不见了，才恍然发现夜晚来临了，真可谓废寝忘食。

勤政为官，治国有才

裴松之立身高洁，所以，做官后总是勤政爱民，直言敢谏，勇于纠正时弊。义熙元年，裴松之担任吴兴的县令，很有政绩，受到了人们的交口赞誉。随后入京供职。当时，许多士族阶层随意立碑，夸大功绩，在社会上产生了不良影响。裴松之向朝廷上奏指出，碑铭之作是昭明后世的刻石记录，立碑应具备三个条件，一是泽被后世，被人推崇；二是道德高尚，建立功绩；三是出类拔萃，事迹突出。否则，“勒铭寡取信之实，刊石成虚伪之常。真假相蒙，殆使合美者不贵。”意思是：立碑是关乎历史和社会风尚的大事，如果没有为国家建立功绩，或者具有高尚的道德操守，随意立碑就是对世人的亵渎。因此，那些想立碑的人，应该都让他们向上级申请，经朝廷同意后才可立碑，这样才能防止虚假，显扬实情。裴松之的奏章得到批准，从此减少了这种现象。

晋安帝司马德宗义熙十二年，执掌朝政的太尉刘裕兼领司州刺史，率将军王镇恶、檀道济、沈田子等，兵分五路，水陆并进，攻击后秦国，沿途收复滑台（河南滑县）、许昌、洛阳等重镇。417年，刘裕军攻破长安，灭后秦。这次北伐，取得了巨大的胜利。裴松之担任司州主簿随军北行。整个过程中，裴松之始终总领府事，参与幕府机要。刘裕率军攻克洛阳后，十分赏识裴松之的才干，称赞裴松之说：“裴松之廊庙之才，不宜久尸边务，今召为世子洗马，与殷景仁同，可令知之。”意思是裴松之有治理国家的才能，不应当长时间在外打仗，诏令他为世子洗马。

宋文帝刘义隆元嘉三年，朝廷遣使巡行各州，裴松之被派往湘州。自湘州归来，他将所探询的吏政民情，归纳为二十四项条款，详细陈述了湘州的政治和经济存在的问题，提出了治理湘州的对策，深得宋文帝的欣赏。裴松之由于政绩突出，升任为中书侍郎、司冀二州大中正，并赐爵西乡侯。

一代史学家

裴松之不仅是朝廷大臣，具有治国安邦的才能，而且是一代历史学家，对于三国时期的历史有精深的研究。他最大贡献就是对西晋史学家陈寿的《三国志》进行注疏，于五十八岁完成了史学巨著《三国志注》。陈寿的《三国志》是一部记载魏、蜀、吴三国鼎立时期的纪传体断代史。其中，《魏书》三十卷，《蜀书》十五卷，《吴书》二十卷，共六十五卷，全书记载了从魏文帝黄初元年（220），到晋武帝太康元年（280）六十年的历史。尚书郎范頵上书给皇帝，称赞陈寿的《三国志》："辞多劝诫，明乎得失，有益风化。"并请求派人采录，《三国志》因此得而流传于世。陈寿叙事简略，很少重复，记事翔实。在材料的取舍上也十分严慎，为历代史学家所重视。史学界把《史记》《汉书》《后汉书》和《三国志》合称前四史，视为纪传体史学名著。但是，《三国志》过于简略，于是在元嘉三年，宋文帝诏令裴松之对《三国志》作注。

裴松之治学严谨，一丝不苟；以史为据，实事求是；广征博引，力求翔实。纪昀在《四库全书总目提要》中对裴松之注《三国志》的评价，认为有六个特点："一是引诸家之论，以辨是非；二是参诸家之说，以核伪异；三是传所有之事，详其委屈；四是传所无之事，补其阙佚；五是传所有之人，详其生平；六是传所无之人，附以同类。”这种严谨的治学精神，保证了《三国志注》的史学价值，对于人们了解和研究三国历史具有不可或缺的贡献。

裴松之完成了《三国志注》后，向宋文帝上奏《上三国志注表》，说陈寿的《三国志》叙述客观，史实审正，确实是一部良史。同时，他指出陈书有过于简略以至脱漏很多重要史实的缺陷。裴松之陈述了自己作注的指导思想，并把注文概括为补缺、备异、惩妄、论辨四种类型。宋文帝翻阅裴松之的书，爱不释手，赞扬裴松之为“不朽之业”。

《三国志注》的不朽还在于它开创了史注新法。在裴松之以前，史学家对于史书注解时，大多以解释音义、名物、地理、典物等方法为史书作注。如马融、郑玄注《尚书》，贾逵、服虔、杜预注《左传》，贾逵、韦昭注《国语》，高诱注《战国策》，徐广注《史记》，等等。而裴松之的注文，不仅包括上述内容，而且增加补缺、备异、惩妄、论辨等名目，遂为注书开创了一种更加完备的体例。注书的目的是保存和提供史料，而且这些史料都经过了注家的精心审核，从而使人能够较多地了解历史真相。

纵观古代的家训，勤奋吃苦是必不可少的。人常说：一勤天下无难事。这句话用到裴松之的身上恰如其分。陈寿的《三国志》约三十五万字，裴松之的《三国志注》竟然三十二万字，几乎和原书字数相当。裴松之为了注解《三国志》，广泛搜集资料，亲自到实地访问。根据统计，书中涉及资料经部二十二家、史部一百四十二家、子部二十三家、集部二十三家，共二百一十余家。面对如此庞杂的资料，要进行考证取舍，删繁就简，没有渊博的学问、严谨的治学态度和勤奋吃苦的精神，是难以完成的。

第四节　北魏才子裴敬宪

裴敬宪，字孝虞，河东闻喜人。他的父亲是北魏时期益州刺史裴宣，重视农业生产，关心百姓疾苦，为官颇有政声，受到当地百姓的拥戴。裴宣作为益州刺史，公务繁忙，夙兴夜寐，可是，对于子孙的教育毫不放松。裴敬宪从小受到了良好的教育，父亲让他读《论语》《老子》《庄子》《诗经》等书，从那时起，裴敬宪就立下了雄心壮志，长大后立志成为一个学富五车的儒者和诗人。

生活俭朴，教书认真

少年时代，裴敬宪就以博学和才华闻名遐迩。裴敬宪在书房里学习，喜欢吟诵，经常可以听见琅琅的读书声，因此，知识特别丰富。他经常教导家族子弟学习文化，尽心尽力。南北朝时期，中国的私学教育十分发达，国家和民间对于教育都十分重视。裴敬宪叫子弟们读《诗经》："蒹葭苍苍，白露为霜。所谓伊人，在水一方。溯洄从之，道阻且长。溯游从之，宛在水中央。"先秦诗歌里的美好的意象，对于人生的美好向往，让子弟神思不已，憧憬万分。他给兄弟们讲解《论语》《老子》，孔子的精深思想，对于社会人生的深刻见解；老子对于自然之道的思考，充满辩证思维的哲思，娓娓道来，春风化雨，滋润着子弟们的心田。裴敬宪教授子弟认真耐心，绝不敷衍。他有个弟弟在家里受宠，写字歪歪扭扭，他就抓住手一笔一画纠正，直到字写得端正美观为止。在他的严格教导下，子弟们学习都很用功。从少年时代到青年时代，裴敬宪以教导子弟为乐，甚至把这事看作一项高尚的事业来对待。裴家的子弟们在裴敬宪的影响和教导下，喜爱中国的传统文化，每个人进步都很快，形成一种良好的家族学习氛围。

裴敬宪出身于世家大族，朱衣绣户，十分富裕，可是，裴敬宪的生活却十分俭朴，他的衣服破了让人缝补一下继续穿，一件衣服穿了好几年都舍不得扔掉。吃饭时，饭粒掉在了桌子上，立即捡起来吃了。有一次，家里来了客人，菜肴丰富，客人吃得津津有味。快吃完饭时，剩下一点菜，裴敬宪当着客人的面把剩菜都吃了。客人十分惊讶，说："你家里如此富裕，还在乎一点剩菜吗？"裴敬宪说："一粥一饭，都是农人春种秋收，辛苦耕耘得来。如果不爱惜，岂不是暴殄天物？"客人听了他的话后很感慨，说："想不到裴家作为一个士族，如此俭朴，足见家风纯正，令人敬佩！"

古人重视孝悌，兄弟之间恭谨谦让，互敬互爱，是最基本的伦理规范。裴敬宪性格仁厚，与兄弟和睦相处，淡泊名利，从不斤斤计较。他认为荣华富贵，高官厚禄，不过是人生的一个方面，能使人过上富贵的日子。但是，人生更重要的意义在于有所作为，追求道德品质的完善。他风姿绰约，气质清雅，言谈举止间给人一种超凡脱俗之感。北魏时期，官府实行民间推荐选拔有德之才的制度。郡国官员经过推举，任命裴敬宪担任郡国的功曹。功曹即是郡主的副职，辅佐郡主治理一郡的政务，权力不小，位置重要，可是，裴敬宪一口拒绝，不去任职。官府欣赏他的才华，又任命他担任其他官职。裴敬宪却首先推荐他的弟弟任职，自己推辞不干。人们赞赏裴敬宪的孝悌风格，欣赏他的淡泊名利的行为，他的事迹一时成为美谈。

尽管裴敬宪不想当官，可是，由于他才华出众，屡屡受到推荐，后来，裴敬宪不得已担任了太学博士。裴敬宪担任太学博士后，对人依然谦和有礼，没有一点傲气，人们和他在一起谈话，总是有如沐春风之感。这都是因为裴敬宪的学识和雅量，让人们感佩不已。据史书记载，裴敬宪“性和雅，未尝失色于人”，意思是他性格温和文雅，从没有和人红过脸。这么一种修养真是难得，只有很有素养的人才能做到。现代人心浮气躁，稍有不如意就争执攻讦，不依不饶，相比于裴敬宪的气度和涵养，如同一面镜子，让我们找到了差距。

诗书乐大家

裴敬宪少有才名，长大后在当地负有盛名。他是有名的书法家，擅长隶书和草书，在当世很有影响。他还懂音乐，抚琴寄托高远的情思。他经常参加当地文人的聚会，文人唱和，弹琴赋诗，赢得人们的好评。北魏历代皇帝喜爱儒家典籍《易经》《论语》，也欣赏《老子》《庄子》，吟诗作赋，影响了社会风气。《魏书·高祖孝文帝纪》载：“孝文帝雅好读书，手不释卷。《五经》之义，览之便讲，学不师受，探其精奥。史传百家，无不该涉。善谈《庄》《老》，尤精释义。才藻富赡，好为文章，诗赋铭颂，任兴而作。”

裴敬宪擅长五言诗，声名远播，后进学子以他为宗师，十分敬慕。《北史·文苑传序》：“于时……河东裴敬宪、弟庄伯，雕琢琼瑶，刻削杞梓，并为龙光，俱称鸿翼。”称赞裴敬宪的精美诗歌。有一次，朝廷大臣聚集在黄河渡口，送别远征的大将军，一时冠盖如云，车马萧萧。文人才子赋诗作别，纷纷吟诵，为之壮行，裴敬宪也赋诗送行。人们认为裴敬宪的五言诗放逸高远，清丽绝美，纷纷叹赏不已。

北魏孝明帝元诩孝昌年间，国家发生叛乱，战火纷纷。四川的叛军首领陈双炽率叛军四处抢掠，十分残暴。叛军经过了裴敬宪的住宅，却十分小心，互相约束，不准烧毁裴敬宪的住宅。原来是裴敬宪十分仁义，对乡里人十分友好，人们都感恩他的仁德。自然，那些叛军也被裴敬宪的仁德所感动，不敢在裴敬宪的家乡烧杀抢掠。

第五节　诗酒才情裴伯茂

翻阅裴氏历史人物的传记，可以看到他们文武兼备，文可青史留名，武可平定天下，成为国家柱石。裴伯茂是东晋司空中郎裴叔义的第二子，北朝著名诗人、文学家，官至中军大将军，封爵平阳郡伯。中军是中央直接控制的部队，职能是保卫皇宫和京师。中军大将军的地位仅次于骠骑将军，可见，裴伯茂担任的职务之重要。

刻苦读书，才思敏捷

裴氏家族之所以人才辈出，世代不绝，关键在于从幼年时期就注重子孙的学习，这是裴家家教家风的重要特征。我们前边讲了那么多裴家人物故事，都可以看到年少成才的痕迹。对于裴伯茂来说，也有相似的经历。

学习刻苦的人并不一定痛苦，因为学习给我们打开了一个全新的世界，提供了宽广的视野，本来应当是快乐的。裴氏家训说："人不读书，马牛襟裾。学而时习，其乐有余。"那时的儿童教育以私塾为主，裴家请的先生教育很严格，甚至说有点严厉。每天教孩子识字读经，布置的作业必须完成。如果完不成先生的作业，或者字写得歪歪扭扭，手心就要挨先生的板子。裴伯茂写的字又快又好，常常得到先生的夸奖，自然不会挨板子了。当看到先生对他的满眼期望时，裴伯茂更加努力了。

裴伯茂少年时代就博览群书，才思敏捷。据说，他十岁左右就可以写文章，每天读书上万字，从不间断。由此，他锻炼了惊人的记忆力，有的人背诵一篇文章需要一两天，他甚至看上两三遍就倒背如流，令人称奇不已。《论语》中的精彩对答，《史记》中的传奇故事，让他倾心不已，陶醉其中，竟然废寝忘食。有一次，北风萧萧，大雪纷飞，白天读书入迷，望着窗外雪白，他还以为天没有黑呢！直到家人都起床了，他才明白已经是第二天黎明了。兄弟们看着他惺忪的眼睛，被蜡烛熏黑的面庞，竟然像个戏剧人物的脸谱一样，又是好笑，又被他的学习精神所感动，大家都决心像他那样读书，将来有所成就。

居功不傲，淡泊名利

北魏孝明帝元诩孝昌年间，四川西部发生叛乱，叛军首领陈双炽率叛军四处抢掠，十分残暴。大将军京兆王继率领大军西征，讨伐乱军，裴伯茂担任行台郎中。他积极谋划，献计献策，发挥了自己的军事才能，帮助剿灭了乱军，为平叛立下了汗马功劳。平叛结束后，裴伯茂被封为平阳伯，加官散骑常侍。裴伯茂才华横溢，军功突出，可是，他从不以此骄傲，反而把这些功名看得很淡。他生性散淡，待人随意，从不摆什么架子，因而深得人们的喜爱。一次，他带着随从赴朝廷的盛会，只见参加朝会的官员，紫衣锦带，奴仆随从成群，威风八面。可是，他却穿着随便，十分俭朴，只带了一个仆人就来了。皇帝赞扬裴伯茂官职显赫，却能约束自己，没有奢侈铺张之气，于是更加看重他了。

裴伯茂在北朝动荡的官场中，能够一步一步升到中书侍郎、中军大将军这样的职位，这是和他的谦虚低调分不开的。当时的士大夫评价裴伯茂说，位高权显，不自傲，对人无论官职高低，贤能愚昧，都能赤诚相待，一视同仁。他的这种散淡的性格和宽厚的胸怀，受到人们的赞扬。

裴伯茂性格达观，疏放豪迈，尤好饮酒。每当他得了几瓶好酒，就邀请文人们吟诗作赋，谈玄论道，大家互相唱和，聒噪不已，不醉不休。裴伯茂醉酒后的神态，对于人生的达观，深深地折服了在座的文士们。裴伯茂特别喜欢庄子的思想，他曾经写了一篇《豁情赋》，前边作序说："余摄养舛和，服饵寡术，自春徂夏，三婴凑疾。虽桐君上药，有时致效；而草木下性，实萦衿抱。故复究览庄生，具体齐物，物我两忘，是非俱遗，斯人之达，吾所师焉。故作是赋，所以托名豁情，寄之风谣矣。"意思是我学习养生之术，炼丹吃药，从春至夏没有间断过。吃了桐君上等的丹药，时时有一种效果。而草木各自有特征，确实让我思考。所以反复探究庄子的思想，具体到与万物齐一、物我两忘的境界，是非有别，桐君的达观，是我所宗师的。所以我写了《豁情赋》，寄托一种社会风尚。由此可见，裴伯茂的豁达性格，是与他对庄子思想的理解分不开的。

文人处于朝廷，位列大臣之中，性格豪放不羁，难免得罪权贵。宫廷设宴时，裴伯茂写诗作赋，禁不住拿起梨子拍在桌子上，无意间得罪了殿中尚书章武王景哲，他上书皇帝说："以梨击案，傍污冠服；禁庭之内，令人挈衣。"皇帝下诏交给刑部审议，裴伯茂却没有受到惩办，侥幸躲过了灾难。

性情潇洒，广结文人

裴孝通是裴伯茂的表弟，河东汾阴人，在朝廷中很有名声，深受皇帝宠爱。他曾经和皇帝对诗道："既逢尧舜君，愿上万年寿。"皇帝道："平生好玄默，惭为万国首。"可见，裴孝通的学识很受皇帝赏识。裴伯茂性格豪俊，对人多所轻忽，唯独欣赏裴孝通的才华，每当写下了作品，就拿去与裴孝通讨论。裴孝通与他开玩笑说："你认为阮籍和嵇康，比得上管仲和乐毅吗？"话中含有讥笑裴伯茂的意思。裴伯茂笑而不答，依然潇洒自若，不以为意。

北齐时期，由于统治者重视儒家思想，喜欢吟诗作赋，所以社会上形成了浓厚的文学氛围。襄城景王高淯、广宁王高孝衍、兰陵武王长恭等人，都招纳文人，形成文人集团。同时，文人之间互相交往，唱和应答，游山玩水，因景抒情，形成了更大规模的文人集团。裴伯茂作为文学家，是文人集团的佼佼者。

裴伯茂性格豪爽，生性善饮，时日积久，对身体造成了严重的伤害，竟然得了病。他去世前数日，突然对人神秘地说："我得到密信，朝廷要逮捕我。"于是，便与他的妻子乘车西逃。后来他又指着墙壁，说有官府的人来追赶，妻子才知道他精神有了毛病。死后，埋葬在家中的园子里。

裴伯茂去世后，他的文友常景、李浑、王元景、卢元明、魏季景、李骞等十多人，在他的墓旁摆酒祭奠，一个个痛哭流涕，将酒浇在地上，边饮酒边说话，他们说："裴中书魂魄有灵，知道我们来看你了吗？"文士们每人各赋诗一首。当时远在晋阳的另一位文人魏收，也写诗评论裴伯茂，其中两句："临风想玄度，对酒思公荣。”人们认为这两句诗既概括了裴伯茂的性格，又表达了朋友们对于他的深切思念。

第六节　律法专家裴政

裴政，字德表，河东闻喜人。南朝梁豫州刺史裴邃的孙子，信武将军裴之礼之子。南朝时官至给事黄门侍郎、镇南府长史。隋朝建立后，裴政担任率更令，加位上仪同三司，进散骑常侍，转左庶子，出为襄州总管。著有《承圣降录》十卷、《隋律令》《隋开皇令》三十卷、《周律》等，是中国封建社会律法专家。

早年步入仕途，战绩显著

裴政性格勇敢刚强，智勇双全，坚贞不屈。他从小勤奋好学，强身健体，很有声誉，十五岁步入仕途，担任南朝梁邵陵王府法曹参军。太清二年八月，南朝梁国大将侯景以清君侧为名发动了武装叛乱。“侯景之乱”爆发后，裴政作为壮武将军随建宁侯王琳出兵讨伐。他作战勇敢，身先士卒，生擒首领宋子仙，收复了被叛军占领的荆州。在这次平乱中，裴政立下了赫赫战功，被授予给事黄门侍郎。

裴政接着又辅佐王琳力拒叛军，取得了硖口大战的胜利。这次战斗结束后，裴政升为平越中郎将、镇南府长史。西魏军队围攻荆州，裴政与王琳从桂林出兵，星驰赴援，行至长沙，裴政请抄小道驰援荆州，至百里洲被西魏军俘获。西魏大将萧詧软硬兼施，企图让裴政投降。萧詧对裴政说：“我是武皇帝之孙子，不能当你的君主吗？你何必为他丢掉性命！如果听从我的计谋，就可以享受荣华富贵，免遭腰斩之刑。”但是裴政义正词严，宁死不屈，绝不苟且偷生。萧詧无奈，只好把裴政锁在木笼中，悬挂到城墙上，企图通过裴政之口诈骗梁军投降。裴政表面上答应了萧詧的话，但被放下来，立刻一反前言，慷慨陈词，勉励大家努力战斗，坚持到最后一分钟。同时说，他自己不幸被俘虏，无以报国，宁为玉碎，不为瓦全。西魏兵一看裴政这么说，拿起鞭子使劲打去。裴政满口血流如注，但仍怒骂不止，终不改悔。萧督大怒，马上下令处斩裴政，以解心头之恨。裴政照样怒骂不止，毫不畏惧。这时萧督的手下说：“裴政在梁军中很有威信，杀了裴政无济于事，适得其反，并不能占领荆州。”裴政因而保住了性命。不久，叛军攻入了梁朝首都建康，梁武帝被活活饿死了，梁朝灭亡了。后来，鲜卑人宇文泰建立了北周政权，格外欣赏裴政坚贞不屈的性格，授予裴政员外散骑侍郎，行走于相府。

执法公正，受人尊敬

裴政待人宽厚，通晓律令，见闻广博，记忆力强，很有才干。他认真研究当时社会的治理情况，了解民间疾苦，同情穷苦百姓的遭遇，对初次犯罪的百姓，并不马上揭发；对于那些为所欲为，横行乡里的恶霸予以严厉打击，决不姑息。他到一处官府任职时，文书案卷堆满桌子，许多疑案难案没有得到解决。他翻阅案卷，了解实情，细细访查，传唤当事人进行审问，做出公正的判决，受到人们的交口称赞。

裴政执法严格，没有量刑过度的情况，甚至那些判死刑的犯人对裴政也心服口服，没有怨言。裴政对于判死刑的囚犯也有人之常情，准许他们的妻子儿女到狱中看望，交代后事。封建时代处决罪犯一般都在秋后处决，那些犯人们感慨地说：“裴大夫判处我们死刑，悔不当初，罪有应得，死而无恨！要让子女们好好做人，不要知法犯法。”由于他执法公正，受人尊敬。

裴政做人诚实谨慎，敢于坚持真理。他在隋朝建立后任左庶子，纠正了许多不合理的事，得到人们的称赞。右庶子刘荣专横固执。当时宫廷军士轮流值班，通事舍人赵元恺奉命写文书，文书还没来得及写完，太子就再三催促，刘荣就对赵元恺说："你只管口头陈奏，不必写出文书。"等到上奏时，太子问文书在哪里？赵元恺说："秉承刘荣的意思，没有写出文书。"太子就拿这件事责问刘荣，刘荣否认，说："我没说过这话。"太子把这件事交给裴政审问处理。裴政还没来得及陈奏，刘荣的亲信先对太子说："裴政想陷害刘荣，处理这件事不合实情。"太子召裴政予以斥责，裴政辩解说："大凡处理案情有两点，一是明察实情，二是依据证人证词，辨明实际情况，来判定是非。我推断刘荣位高权重，即使刘荣确实告诉过赵元恺，也不过是很小的过错，按道理说，不必隐瞒。另外赵元恺受刘荣节制，怎敢拿毫无根据的话诬陷牵累刘荣。赵元恺找出左卫率崔茜等人作证，崔茜等人交代的情况和赵元恺所说完全相符。情由既然难分是非，就应当根据证人证言来判定。我认为刘荣告诉过赵元恺，赵元恺说的是实话。"太子听了裴政的分析，认为很有道理，对于他正直公正的行为予以褒扬。

裴政光明磊落，刚正不阿，他总是当面指出别人的过错，背后决不议论。当时有个官员叫云定兴，每次进宫侍奉太子都准备些奇装异服和珍奇的器物，进献给东宫。裴政多次恳切劝谏，反对这样做，可是，太子就是听不进去。裴政找机会对云定兴说："您的所作所为，不合礼仪制度，这会坏了太子的名声。请你不要这么做，否则惹祸上身。"云定兴大怒，把这话告诉了太子，太子于是疏远裴政，并因此将他调出京城做了襄州总管。裴政离开京城时，没有带妻子儿女，把所得的俸禄分给下属官吏。

制订隋朝法律《开皇律》

裴政对于历史最大的贡献，就是主持制订了隋朝的法律《开皇律》。裴政一生经历了南朝梁、北周、隋三个王朝，凭其忠贞不贰的品性和超人的学识，受到了历代帝王的赏识。隋朝皇帝杨坚，诏令裴政与苏威等人修订刑律。

在北周时，裴政担任过刑部下大夫，而且政绩显著，他对汉魏以至齐梁的刑法条律都有深入的研究。裴政博览各朝律典，区分良莠，以待参考。参与编纂者十几人，由于裴政超人的才华和见地，凡疑滞不决的问题皆要取决于他。开皇二年，在以裴政为首的十几人的努力下，《开皇律》终于制订完成了。这部法律学巨著，集隋朝以前法律之大成，根据时代和社会治理的需要，对许多法律条文进行了修正，在我国法治史上具有划时代的意义，对以后各朝的刑法制度产生着深远的影响。

第七节　书画鉴赏家裴孝源

裴孝源，河东闻喜人，活跃在初唐时期，官至中书舍人、吏部员外郎和度支郎中等，著有《画品录》《贞观公私画史》，是中国历史上著名的书画鉴赏家。

从小热爱绘画，精心研究

一个家族的兴盛或衰落，是与对子孙的教育分不开的。裴氏家族的最大特点，就是子孙们都勤奋学习，学有专攻，从而成就了家族的辉煌。正如裴氏家训所言："家庭教育，立人丕基。诲尔谆谆，性乃不移。"

遥想唐代初期，闻喜裴家气象，院落重叠，书房里的图书层层叠叠，典藏云集，琳琅满目，书香沁人。裴孝源就生活在这样一个家庭，他每天凌晨就起床，学习儒家经典，涉猎佛教知识，饱读诗书，遍及百科。裴孝源最喜爱的是历代绘画，他精心研究古代流传下来的名画名帖，揣摩画家的笔法、立意、色彩，体会画作所表达的意境。有时候，他对着一幅画能够端详一天，画中人物的一颦一笑、每个神态，衣带褶皱、纹饰图案，奇山异水、巉岩深潭，亭台楼阁、一草一木，他都仔细揣摩，很有心得。古人常说读万卷书，行万里路。裴孝源经常到各地拜访著名的画家，探讨绘画知识和理论，互相切磋，提高鉴赏水平。

结识大画家李元昌

裴孝源后来到朝廷中做了官，担任中书舍人。中书舍人是个十分重要的宫廷官职。"舍人"之名始见于《周礼·地官》，本是君王或贵族的亲近属官。《汉书·高帝纪》颜师古注："舍人，亲近左右之通称也。"魏晋时于中书省内置"中书通事舍人"，至南朝梁去通事之名，改称中书舍人。唐代的中书舍人仅次于侍郎，掌呈进章奏、撰作诏诰、委任出使之事。这个官职给裴孝源提供了接近宫廷藏画的大好机会。也是在这个任职期间，裴孝源和书画家李元昌结识。

李元昌是唐高祖李渊第七子，太宗李世民异母弟，李渊封其为鲁王，李世民改封为汉王。李元昌的书法造诣极高，他受业于当时著名的书法家史陵，学习王羲之、王献之的书法，童年时就精通书法笔意。善于行书，也善于画马，笔墨妙绝。尤其擅长画鹰鹘雉兔，为当时人所叹服。他间作人物，博综技艺，颇得风韵，自然超举，据说艺术水平不输于大画家阎立本。《唐书本传》《新唐书·艺文志》《唐朝名画录》《历代名画记》《画后品》《宣和画谱》等书，对于李元昌的书画都有记载。裴孝源常受邀参加李元昌的宴会和集会，每每画家名流云集，美酒佳人佐兴，真是一场场研究艺术的盛会。每当空闲时间，李元昌就把裴孝源招来，两个人共同欣赏画作和书法作品，商榷艺术价值，探讨绘画流派，谈得颇为投机，引以为知音。于是，李元昌就让裴孝源写一本书，品评魏晋以来的前贤遗迹，评品其品格高下，供人们欣赏。

裴孝源领命后，开始了这个浩繁的绘画整理工程。他进行了三项工作，一是阅览宫廷所藏画册，检阅前人留存的画作；二是鉴赏私人进献的画作。那时官宦名门都有收藏绘画作品的习惯，他们把其中的一些作品贡献给李元昌，使裴孝源得以尽情欣赏；三是去寺院道观访察壁画，研究艺术风格，确定品位高下。这是一项极为艰苦的工作，在那个交通不发达的年代，裴孝源足迹遍及全国著名的寺观，拜访高僧和道士。那时的佛寺道观即是让人们心灵膜拜的场所，也是文人士子会聚的雅舍，许多画家都被邀请画壁画，壁画成为画家挥毫濡墨展示才华的地方。人迹罕至的佛寺道观道路崎岖，裴孝源也要亲临观摩，他的鞋子磨破了，脚上打起了水泡，也在所不辞。有时上山时遇到了猛兽，惊险异常，可是他依然坚持下来了。裴孝源在各个寺院道观，观察壁画，品评画作，与高人进行交流，了解寺观的历史，探索壁画的时代背景，研究画家的生平事迹。这样，使他对许多寺观的壁画能够全面了解，鉴赏水平不断提高。

编撰鉴赏著作《贞观公私画史》

经过艰苦卓绝的努力，裴孝源终于完成了中国历史上第一部绘画鉴赏著作《贞观公私画史》。所收作品上迄曹魏高贵乡公时期，终于大唐贞观十三年，起于秘府及佛寺并私家所蓄，全书共二百九十八卷（当时称画幅为“卷”），收录了四十七处壁画，隋唐官本画卷计二百三十卷，这些画作得之于杨素收藏的二十卷，其余为萧璃、许善心、褚安福等人所收藏。书中通过缜密的考证，指出了其中三十三卷恐非晋代宋人真迹。

该书的宗旨在于收录古画名目，对于每件画作予以品评，列为先后，进行分类，确定高下品位。所有这些作品都载明了作者、画名、真迹或摹本、件数、题识、印记、来源等，并按《太清目》（南朝梁之官库藏画目录）注明是否已收入该目。书中对于历史上的名画家如顾恺之、阎立本、陈善见、王知慎等人的画作都有记录，可以说蔚为大观，令人神往。裴孝源评价顾恺之的画能传人物之神，“思侔造化”；阎立本的人物画“像人之妙，号为中兴”，等等，都非常恰当，很有见解。

裴孝源在《贞观公私画史》的序言中全面阐述了古代绘画史的发展流变，强调远古时期传说中的伏羲氏就设置了“掌图之官”，到了虞夏殷周及秦汉之代一直传承；同时，介绍了绘画功能，在于彰昭忠臣孝子，贤愚美恶，以示教化，提出了“心存懿迹、默匠仪形”的绘画理论，深刻阐述了绘画的本质，对于后世画家颇有启迪作用。

此书堪称著录名画之祖，对于研究绘画史具有重要的价值。该书为中国现存最早的一部名画著录，是考察唐代贞观初年绘画名迹的重要资料，也是鉴赏家品评古代画迹的祖本。

第八节　传奇文学的鼻祖裴铏

裴铏，字号、籍贯、生卒年均不详，只知道他生活于唐代末期。唐咸通九年为静海军节度使高骈掌书记，加侍御史、内供奉；乾符五年以御史大夫为成都节度使副使。裴铏是唐末著名的文学家，著有《传奇》三卷，《新唐书·艺文志》记载，该书记录的多为神仙诡谲之事。

出身平常，仕途顺利

有关裴铏的生平，只在《全唐文》中有简略的记载："铏，咸通中为静海军节度使高骈掌书记，加侍御史内供奉，后官成都节度副使，加御史大夫。”结合裴铏所撰写的《天威径新凿海派碑》和《传奇》一书中所反映的广阔的社会场景，描写的各地自然景观，可以了解裴铏一生的经历，探知他的思想和行踪。

读书学习，是裴氏家教家风不可或缺的一条。裴铏家学深厚，童年就读了许多书，遍涉经史子集，学识渊博。他阅读《史记》时，司马迁对于汉代以前的历史记载让他特别佩服，尤其喜欢司马迁描述的侠客类的古代英雄，他们的事迹让他神往。他浏览志怪小说，如东方朔的《神异经》、张华的《博物志》、干宝的《搜神记》、葛洪的《神仙传》等书，这些书中奇异的想象、鬼神故事、奇闻逸事等，都给他留下了深刻的印象。他还喜欢研究道教，对于道教的炼丹养生之术、剑术有着浓厚的兴趣，掌握了许多道教知识。这些学习内容，为他以后创作传奇小说打好了基础，为创作提供了不竭的源泉。由此可知，一个作家的兴趣爱好和读书习惯，对于他以后的创作有着很大的影响。

裴铏的出身并不显贵，来自于一个普通家庭。裴铏在唐末变动不已、动荡不安的大环境下，通过自己的努力奋斗，担任了静海军节度使高骈的文书官吏。担任文书职务期间，他奔走于边陲，不辞劳苦，不畏艰险，完成高骈交付的各项事务。裴铏为人正直，做事利索，从不拖延，受到了高骈的欣赏。由于政绩突出，裴铏擢升为御史大夫。乾符五年，裴铏担任了成都节度使副使，成为执掌一方军政大权的要员。

传奇小说应运而生

唐朝末期，藩镇割据，节度使势力扩大，唐王朝的统治受到威胁。尤其是爆发了大规模的黄巢起义，给唐朝的统治以沉重的打击。皇帝派大军镇压农民起义，烽火连天，兵戈连连，战火所经之处白骨遍野，荒无人烟。尽管农民起义被镇压了，但是，长期的战乱和藩镇割据，造成了经济衰退，社会动乱，人民生活处于动荡不安之中。面对不安定的社会、莫测的命运，人们对现实感到迷茫，或者向往逃避现实求仙问道的出世生活，或者寄希望于侠客英雄出现，助强扶弱，惩处恶人，脱离苦难。社会呼唤着这方面文学题材的出现，裴铏的传奇小说应运而生，给人们带来了精神的慰藉。

裴铏的传奇小说，为唐代小说的繁荣和发展做出巨大贡献。唐代小说之所以称为传奇，便是以裴铏的《传奇》一书命名的。《新唐书·艺文志》记载，《传奇》著录共三卷，后来散佚。郑振铎先生从《太平广记》中辑佚二十四篇，周愣伽先生在郑振铎的基础上，从南宋曾慥《类说》和宋人陈元靓《岁时广记》上辑录部分篇章，扩展为三十一篇。

裴铏的《传奇》所表现出的高超的文学水准，丰富奇异的想象力，美妙的艺术构思，在社会上产生了广泛的影响，可谓洛阳纸贵，竞相传抄。裴铏的作品，对于后人了解裴铏的思想、观念、艺术等，都具有重要的作用。他创作了许多性格鲜明的人物形象，通过准确的语言、跌宕起伏的故事，让人如闻其声，如见其人，栩栩如生，至今都感动着读者。

《传奇》的代表作

裴铏的小说看起来写的是侠客之事，其实反映的是现实生活。比如《聂隐娘》中的侠女故事。聂隐娘为魏博大将聂锋之女，十岁时被一女尼用法术“偷去”，教以剑术，能白日行刺，人莫能见，五年后乃送归其家。身怀绝技的聂隐娘，自择一个仅会磨镜、并无他能的少年为丈夫。聂父死后，魏主帅与陈许节度使刘昌裔不和，欲令聂隐娘暗杀之，隐娘却转而投奔刘昌裔。主帅另派精精儿与妙手空空儿前往暗杀，隐娘又以法术破之。后刘昌裔入觐，聂告别而去。聂隐娘不知何处。刘昌裔死时，聂隐娘骑驴到了京师，在刘的灵前大哭而去。唐文宗开成年间，刘昌裔的儿子刘纵任陵州刺史，在四川栈道上遇见了聂隐娘，面貌仍和当年一样，彼此很高兴能够重逢，她还像从前那样骑一头白驴。她对刘纵说：“你有大灾，你不应该到这里来。”她拿出一粒药，让刘纵吃下去。她说：“来年你不要做官了，赶紧回洛阳去，才能摆脱此祸。我的药力只能保你一年免灾。”刘纵不太相信，送给聂隐娘一些绸缎，聂隐娘没有要，飘飘然而去，如神似仙。一年后，刘纵没辞官，果然死于陵州。从那以后再没有人见过聂隐娘。书中内容诡怪荒诞，但也反映了一些历史真实。中唐以后暗杀之风盛行，藩镇之间相互残杀，必须收罗一些具有特殊技能的侠士作为护卫。这些侠士，或出于个人的恩怨，或取舍于藩镇势力的强弱，实际上充当了藩镇争权夺利的工具。这样的作品，深刻地揭露了唐代藩镇割据、争权夺利、互相残杀的真相。全书只有本篇和《红线》写的是女侠，成为后来女侠小说的雏形。

《传奇》还从一个侧面反映了当时黑暗的社会现实。比如《昆仑奴》，描写唐代穷奢极欲的一品大官勋臣，恃势掠夺民间女子红绡为歌妓，崔生带着护卫昆仑奴去勋臣家拜访时，喜欢上了红绡。勋臣家有恶犬警觉如神，凶猛如虎。昆仑奴磨勒打死了恶犬，促成了崔生和红绡见面。乘着茫茫夜色，昆仑奴磨勒背着崔生和红绡，飞出高墙大院十几里，勋臣家的守卫都没发现。天亮了，家人才发觉红绡不见了，又看到了犬已死，勋臣大吃一惊，说："我家墙高院大，警卫森严，门户紧锁，来人是飞腾而来，没留一点痕迹，必定是侠士所为，这事不要声张，以免惹祸招灾。"两年后，勋臣发现这是昆仑奴磨勒所为，命令五十名士兵，持兵器包围了崔生的院子，叫他们抓捕昆仑奴磨勒。昆仑奴磨勒面对士兵，手持匕首，飞出高墙，轻如羽毛，快如鹰隼。尽管勋臣士兵的箭矢如雨，却没能射中磨勒。顷刻之间，磨勒不知去向。崔家却是一片惊慌，勋臣也有些后悔和后怕，每到晚上，配备了很多持剑执戟的家丁自卫巡逻。故事反映了昆仑奴磨勒行侠仗义的精神，拯救被压迫的弱女子，成全青年男女对幸福爱情的追求，反映了人民的愿望，颇具浪漫色彩。《昆仑奴》成为后来武侠小说、戏曲的滥觞。元代杨景言杂剧《磨勒盗红绡》，佚名的南戏《磨勒盗红绡》，明代梅鼎祚的传奇《昆仑奴剑侠成仙》，梁辰鱼的传奇《红绡仗手语传情》，都是根据《昆仑奴》改编的。当代作家金庸认为，《昆仑奴》是中国最早的武侠小说之一。

《裴航》是《传奇》中最为著名的一篇。唐朝长庆年间，有个秀才叫裴航，因科举考试不中到鄂渚去漫游，拜访故旧友人崔相国。途中喜欢上一个女子樊夫人，但两人却没有缘分。临别时，樊夫人送裴航一首诗："一饮琼浆百感生，玄霜捣尽见云英。蓝桥便是神仙窟，何必崎岖上玉清。"意思是裴航肯定能遇到意中人。裴航于蓝桥驿遇到一位织麻老太太，她有个孙女叫云英。裴航一见钟情，想娶云英为妻，老太太告诉他："我现在年老多病，只有这个孙女。昨有神仙赐给我药，必须用玉杵臼捣药。欲娶云英，须以玉杵臼为聘，为我捣药一百日。其余金帛等物，我没有用它之处。"裴航拜谢说："我愿意以百日为期限。一定带玉杵臼到来，再不要应许别人。"裴航经过千辛万苦，得到了玉杵臼，亲自为老太太捣药，终于与云英结为夫妻。两人婚后双双入玉峰洞，成仙而去。宋人杂剧《裴航相遇乐》，元代戏曲家庾天锡的《裴航遇云英》，明代龙膺的《蓝桥记》，杨之炯的《玉杵记》，清代黄兆森的《裴航遇仙》杂剧，以及《裴航遇云英》《蓝桥记》等宋人话本小说，都是取材于裴铏的这篇传奇小说。

裴铏的三十一篇传奇小说各具特色，题材也不拘一格，非常宽广，艺术价值极高。它格调优美，融志怪与诗情画意于一体，故事情节奇幻诡谲，细腻婉转；结构布局跌宕起伏，摇曳多姿；人物形象血肉丰满，个性鲜明；语言婉约流丽，词采华茂。它在后世的流传过程中备受文人墨客青睐，对后世小说、戏曲的创作产生了深远的影响，因此，被后世誉为传奇小说的鼻祖。

第九节　热衷教育的裴元长

裴元长，生卒年没有详细记载。山西沁州人，考中举人，曾任山西朔州训导。后任江苏昆山县令，一生两次担任江南同考官。

靠读书改变命运

裴元长生活在沁州一个普通的家庭，父母对他的学习很重视，希望他长大后金榜题名，改换门庭。小时候，父亲给他讲欧阳修画荻写字的故事，让他印象深刻。欧阳修是唐宋八大家之一，小时候家里很穷，买不起纸笔。他的母亲郑氏看到池塘边长满了荻草，突发奇想，就用荻草秆作笔，沙地当纸，教欧阳修写字。欧阳修用荻草秆写字，反反复复，错了就改正，直到写对为止。长大后金榜题名，成为一代文学家。裴元长通过欧阳修的故事，明白了科举考试是读书人通向仕途的基本途径，所以，读书格外刻苦，也很争气，十几岁就考上了秀才。几年后参加乡试，考上了举人。

裴元长考中举人后，家里满心希望他做官，可是他却被安排到朔州做训导。训导为中国古代官职，在清朝属于从七品，职能通常为辅佐知府，负责教育方面的事务。家里人不开心，裴元长却很高兴。因为他记得孟子的人生之乐是“得天下英才而教育之”，管理一个地方的教育，那是多么重要的事情啊。他的理想是普及教育，培养人才，教化社会，扭转社会风气。

朔州努力办教育

在古代来说，朔州是个偏远落后的地方，自然环境差，生活艰苦。裴元长到了朔州后，看到州学建筑破败，年久失修，甚至有的地方漏水，严重影响了生员们的学习。他十分焦急，立即向知州反映情况，指出州学建设的紧迫性，并动员生员们发挥作用，尽快修好州学建筑。裴元长带头捐出俸禄，尽一份力量，经过一段时间的努力，终于修好了。生员们在宽敞明亮的州学学堂中努力学习，州学的学风为之改观。朔州所辖的几个县如右玉县、左云县、马邑县山高路远，交通不便。为了推进这些县的教育事业，裴元长经常翻山越岭，不辞劳苦，到这些县训导督学。古代的交通工具无非是驴车马车，甚至常常是徒步旅行，有时鞋子磨烂了，有时遇到危险，他都一一克服。他关心辖县的教育状况，制订措施，积极促进当地教育事业的发展。

裴元长做训导时，特别强调教学方法，主要有四个方面：一是立德为本，注重德育。《论语》："君子务本，本立而道生。"品德为做人之本，如果一个人品德不端，立身就错了，其他就不用谈了。二是因材施教，循循善诱。中国古代实行的是礼、乐、射、御、书、数为主体的"六艺"教育体制，在此基础上学习经史子集，参加科举考试。他根据学生不同的兴趣爱好，加以培养引导，绝不偏废。三是尊师爱生，授业解惑。他给学生讲《礼记·学记》："凡学之道，严师为难。严师然后道尊，道尊然后民知敬学。"指出先贤把天地、先祖、君师三者相提并论，认为君师是治理国家的根本，尊师重道事关知识的传播和治国安邦的大业。正如荀子所说："国将兴，必贵师而重傅……国将衰，必贱师而轻傅。"四是普及教育，关心贫穷学生。他在朔州当训导时，注重乡村教育，到贫穷落后的乡村察看私塾办学情况。他了解到一些学生由于家庭贫困，无力上学，于是主动登门访问，了解情况，予以帮助。

江南任职，重视教育

由于政绩突出，裴元长被提拔任昆山县令，不久又署理常州。在此期间，裴元长依然注重教育，把教育作为治理地方的大事，注意发展当地的教育事业，培养人才，收到了显著效果。

裴元长在昆山和常州期间，还两次担任同考官。所谓同考官，是明清两朝乡试、会试中协同主考或总裁阅卷的官员，因在闱中各居一房，又称房考官，简称房官。考试阅卷方法是：试卷分发各房官先阅，加批荐给主考或总裁。同考官的工作相当重要，对于考生的录取起着重要作用。江南出才子，明清之际，国家多次举行科举考试，殿试三甲往往被江南考生夺得。裴元长一丝不苟，严格选拔人才，绝不徇私情。经他审阅的考卷，对考生的评语和选拔，受到同僚的肯定。裴元长在文化发达、才子云集的江南任职，他的学识、才能得到了充分的发挥，也受到了江南士子的高度评价。可以说，裴元长在江南的工作，对于推动当地的教育发展，做出了很大贡献。

裴元长为人正直，古道热肠，崇尚忠孝精神。他在《重修关帝庙碑记》中道："自古忠义冠当时，节烈昭奕世者，强足以隆重祀典垂永久，历千百年而不衰。若苏子卿，若侍中，若睢阳，若鲁公，以及武穆文三辈，皆其卓然表见者。而赫赫昭人耳目，尤足耸人听闻而震遐迩者，则莫若关帝君为最。帝君神灵亘古，今祠庙遍宇宙海隅，苍生罔弗震为焉。虽愚夫愚妇莫不敬之如天地，亲之如父母，是诚忠义所感，节烈所昭，而浩然正气之流行也。”从碑记中可以看到，裴元长崇尚古代的苏武、颜真卿、岳飞这样的忠臣义士，更为关公的忠义精神所倾倒，他认为人生在世，忠义节烈，是一种浩然正气，流布人间，永远是人们效法的榜样。

从裴元长的人生经历和事迹来看，裴氏家风对教育和做人的重视，是统一的、一致的。人只有接受良好的教育，生活在好的家庭环境里，才能成为一个有才华、有能力、有胆识的堂堂正正的人，才能担当时代和社会赋予的使命和责任，为社会做出自己应有的贡献。

第十节　知书识礼的裴衷

裴衷，河东闻喜人，生活在清顺治、康熙朝，一生恪守孝道，勤于学习，传承家学，是裴氏从事文化教育活动的典范。裴衷的祖上就是唐晋国公裴度。裴度是唐代著名的宰相，治国安邦，贤能有方。一共经历了六代之后，到了裴衷的高祖裴洲，仍然是德行高洁，教育乡里，颇有成绩，被赐为儒官。

家教严格，知书识礼

裴衮的家里继承前辈优良传统，十分重视孝悌和礼仪教育。他小时候就被长辈教导要侍奉父母，兄宽弟让，一举一动，都要符合礼法。父亲讲孔融让梨的故事，在他幼小的心灵里留下了深刻的印象。他在家里吃饭总是等父母都坐好以后才坐下，父母不动筷子他就不动，父母开始吃饭他才吃饭。他把喜欢吃的东西，常常让给哥哥和弟弟，从不贪吃贪喝，不抢不占，因而受到父母的称赞。虽然年纪小，他与人交往却懂得恭敬有礼，看到长辈拿着东西，他就会小跑着去帮助拿上。长辈吩咐他做的事情，一定是马上就办，绝不延误。和大人说话，从来都是轻声细语，彬彬有礼；父母亲和他说话时，他总是很恭敬地站在一边，仔细聆听，从不让父母生气。裴衮这种良好的礼仪行为，不仅受到家人的称赞，也受到邻里街坊的肯定，人们为裴家出了这么一个懂得礼仪的孩子竖起大拇指。

裴衮生活在一个礼仪之家，从小接受了传统文化教育。他在六七岁时，父亲就教他读《小学》《百家姓》《千字文》等书，进行启蒙教育。他恭恭敬敬地听父亲传授知识，了解书中的含义，被那些历史上的人物所感动，发誓一定要好好读书，掌握知识，长大有出息。他学习时聚精会神，一丝不苟，这种精神感染了兄弟们，大家一起读书写字，家庭里充盈着良好的学习氛围。

廉洁从政，秉公执法

十年寒窗，金榜题名。裴衮从小学习刻苦，长大后不负父母的希望，终于在顺治十六年考中进士。之后，他被授予武选司员外郎，再后来担任了地方官职。裴衮不管在哪里任职，都廉洁从政，秉公执法，深受同僚和百姓的好评。他从不收礼，依法办案。一次审理一件宅基地纠纷的案子，涉案的富人想侵吞邻居的宅基地，千方百计给他送银子，希望判决得胜。裴衮对富人说："我依法办案，从来不收贿赂，你若执意要为，就以行贿罪论处。"毅然拒绝了富人的礼物。富人被他正义凛然的精神所震慑，不等他判决，就赶快找邻居说和，放弃了侵吞邻居宅基地的非分之想。

裴衮为官多年，生活十分俭朴，吃饭简单，讨厌铺张浪费，从不追求那种灯红酒绿、吆五喝六的奢靡，在世人看来属于享乐的生活，他却不屑一顾。他常对人说，广厦千间，夜眠三尺；良田万顷，日食三餐。只要能够达到小康水平，有书读，有事做就够了，其他多余的财富都是人生的负担。

回乡做教育，搞研究

裴衮致仕后，不留恋城市的繁华生活，携家带口回到了故里。多少年来，他念念不忘的就是礼仪教育。他在乡里举止有度，待人接物总是肃穆简洁，堪称做人楷模，受到乡亲们的一致拥戴。每逢乡里有什么大事，人们都请裴衮出面主持；邻里有什么纠纷，签订什么合约，也都要他出面，因为他对于礼仪礼教、民俗风情，懂得太多了，不愧是德高望重的长者。

裴袠回到家乡后，更加珍惜光阴，看书学习，研究礼仪，学问日进。他专心研读《周礼》《仪礼》《礼记》和《孝经》，整理父辈们的著述，为教育后世子孙尽心尽力。裴袠的父亲精通三礼，留下了学习三礼的著作。他对父亲的书进行整理，参阅汉代以来的史料和有关著述，对三本书进行阐释，并配合现实社会中的故事加以解读，很受人们的欢迎。他还对古代典籍《孝经》进行了学术研究。《孝经》是中国古代儒家的伦理著作，儒家十三经之一，传说是孔子所作。《孝经》以孝为中心，比较集中地阐述了儒家的伦理思想；同时，通过以孝为主的伦理思想，把社会宗法等级关系和国家治理联系起来，所谓“始于事亲，中于事君，终于立身”，形成了完整的理论体系。裴袠把《孝经》的思想贯穿起来，对历代儒者的思想加以记录和整理，提出了自己的观点，对于《孝经》的传播和学习做出了贡献。

裴氏

【第五话　舍生取义多名将】

第一节　东汉名将裴岑

裴岑，云中人。史载“东汉名将，曾任敦煌太守”。生平不详，仅有《敦煌太守裴岑纪功碑》一通，于雍正七年被人发现于新疆巴里坤城西北一关帝庙前。碑文为：“惟汉永和二年八月，敦煌太守云中裴岑，将郡兵三千人，诛呼衍王等，斩馘部众，克敌全师，除西域之灾，蠲四郡之害，边竟艾安，振威到此，立海祠以表万世。”

古碑记其事

裴岑带兵杀敌故事，其勇武之功，可以想象。据传说，勒碑之时，没有石匠，裴岑用宝剑亲刻碑文。传说是否可信，尚待考证。后世之人，对此碑书法甚是偏爱。黄易《小蓬莱阁金石目》载：“汉自安帝后北匈奴呼衍王常辗转蒲类、秦海间，专制西域，共为寇钞。敦煌太守率兵掩击克敌全师，可谓不世之奇勋，而汉史不著其事，盖其时朝多秕政，妨功害能者众，边郡文难于上闻故也。”

康有为《广艺舟双楫》云：“古茂雄深，得秦相笔意。”柯昌泗跋曰：“裴岑纪功碑世皆称其字有篆法。谛审仍与嵩山三阙诸刻不类，盖从摹印篆中出。”清人方朔在《枕经堂金石跋》中，谓其书“雄劲生辣，真有率三千人禽王俘众气象。乃以篆为隶，由篆变隶之渐也”。郭尚先在《芳坚馆题跋》中称：“此碑朴古遒爽，其法大似摹印篆，与《鄐君开通褒斜道摩崖刻石》《汉司隶校尉犍为杨君颂》（《石门颂》）、《汉武都太守汉阳阿阳李翕西狭颂》（《西狭颂》）诸摩崖为类。”又云：“汉人分书多短，惟此碑结体独长。”其书法价值可见一斑。因其生平不可考，辑录一则故事，聊供想象。

改变野心，发奋读书

年少之时，裴岑家境平常，见周围尽是酒徒剑客，心思野了，也喜欢拿起刀剑棍棒，与人嬉戏为乐，还好结交家境更好的朋友。父亲见了，心中不安，就拿《论语》引导他："好勇疾贫，乱也。人而不仁，疾之已甚，乱也。"这段话的意思是：喜好勇武当然不错，如果因此厌恶贫困，就会引起祸乱。生而为人，却没有仁德之心，还要去作恶，那就更是糟糕。裴岑虽然自幼顽皮，但对于父亲的话却是不敢不遵从。父亲平时也和他讲些先祖裴遵的光辉事迹。裴岑听了，也是神往不已。在父亲的教育下，裴岑收下心来，昔日往来的朋友，渐渐就淡了，只是一门心思读书。

父亲把能找到的书搜罗到一起，供裴岑闭户诵读。裴岑年轻，记忆力惊人，一目十行，再生僻的书，也能背诵，出口成章。又过了几年，他做的文章被周围有学问的人看到，没人相信竟然是出自他的手笔。名声传出去了，再有人找他切磋的时候，不免狂傲："所谓儒家的学问，就是这么几本书吗？一辈子都把时间花费在经书上，什么时候才能获得功名呢？"

裴岑仍然想着一战成名，求得田宅美女和恩惠。父亲就教育他，说："士志于道，而耻恶衣恶食者，未足与议也。"你既然有那么高的志向，不在平实的地方打好基础，还要厌倦粗衣糙食，怎么可能找得到志同道合的人。并谆谆告诫："古者言之不出，耻躬之不逮也。"裴岑说："夫子的话，我自然记得。有些话我也不敢随便乱说了，我是怕我做不到。只是到现在为止，我也不知道我能做什么。所以我要出去走走，看看我到底更适合干哪一行。”

游历四方，广结朋友

做父亲的自然希望儿子有更多的阅历，即便受点挫折和艰难，对于苍白人生也不无补益。于是，裴岑南游金陵，碰到剑客，就要求教，遇见酒徒，自然痛饮。就是饮酒作赋，也不怯场。终日结交豪侠，白云苍狗，人生畅快。

这一日，裴岑往北，走到了边疆，听闻传言，西域各国划地为王，不再朝贡，还经常骚扰边界，人民流离失所。先前豪情，顿失减半，裴岑空有一身武力，却不知如何报效朝廷。正郁闷时，遇见旧时朋友，却早已不再舞刀弄剑，如今随军做起了买卖，生意还很兴隆。到了朋友居所，两人斗酒。朋友坛中满酒，裴岑起来作了个揖，捧起大坛，如长鲸吸百川，一饮而尽。又让人满酒给朋友，朋友喝完，说：“世道如此，正是我们大赚一笔的时候，就跟着我在边疆大干一场吧。”

裴岑又满了一坛酒给朋友，朋友勉强喝了一半，不胜酒力。裴岑大笑：“这么一点酒都喝不完，我们怎么能在一起共事呢？”于是又喝了两坛，顺口吟诵《论语》中的词句：“笃信好学，守死善道。危邦不入，乱邦不居。天下有道则见，无道则隐。邦有道，贫且贱焉，耻也；邦无道，富且贵焉，耻也。”

裴岑高声谈笑，终席，不仅没有醉倒，还越喝越清醒。他想起父亲的教导，游走了这么一大圈，见了那么多人和事，发现父亲说得都对。为什么不听从父母的话，修身养性，等待朝廷的征召呢？于是，他回到云中，伺候父母，修身自牧，常与人善，一时名声大噪，才名远播。

用智慧战胜敌人

不久，裴岑就被朝廷征召去做武将。东汉永和二年，裴岑为敦煌太守，领兵三千，奔袭西域。敌暗我明，裴岑为打败呼衍王，没少想办法。他放出话来，要找呼衍王单独比试，倘若呼衍王赢了他，大漠万里，自然由其行走。士兵劝他，说呼衍王诡诈，如果中了埋伏，只怕凶多吉少。裴岑说，对方要是使出阴招，正好给了出师荡平他们的理由。他放出话去，希图单会呼衍王，对方也怕他有什么诡计，自然不敢前来。日子久了，人们就把呼衍王看得低了。加上平日裴岑对部下严加管教，也没什么扰民的事发生，当地的百姓也前来归附。终有一日，有人报告呼衍王的藏身之处。裴岑领精兵三千，横扫匈奴，割呼衍王左耳。为记此功，裴岑挥剑刻碑，让他的勇武善战之事流传下去了。

第二节　戡乱功臣裴茂

裴茂，字巨光，河东人。东汉官吏，汉灵帝刘宏朝历任县令、郡守、尚书，裴氏家族中最有名的戡乱功臣。

一战成名

东汉末年，朝廷一片混乱，诸将不和，大将李傕竟然敢在一次会议上杀死了另一名大将樊稠，之后，又与郭汜分别劫持了汉献帝和众大臣，相互交战。有实力的将军张济率兵赶来才劝双方和解，于是二人罢兵，李傕镇守池阳黄白城，郭汜、张济等人随汉献帝东归前往弘农。不久，李傕、郭汜、张济反悔，联合起来追击汉献帝，与杨奉、董承等人几番交战。汉献帝一路逃亡，狼狈不堪，到达安邑，与李傕等人讲和。很快，汉献帝又被曹操迎往许昌都城。此时，裴茂是曹操所属的军中谒者仆射，他被曹操指派召集关西诸将段煨等人，去征讨李傕他们。

裴茂奉命带兵十余万出征，每日所费粮草浩大，当时天下诸郡，又是荒旱年月，根本接济不上，曹操又催裴茂速战速决，而李傕等叛军却躲在城内闭门不出。两军对峙了一两个月，眼见粮食将尽，管粮官对裴茂说："现在兵多粮少，该怎么办呢?"

裴茂说："每人每日减少一点口粮，权且缓解一时之急。"

管粮官说："如果士兵抱怨，该怎么办?"

裴茂说："我自有办法。"

管粮官就照着裴茂的交代，每人每日减少了口粮。

裴茂派人到营内各处打探，怨言不少，都说将军欺负士兵。裴茂秘密召见管粮官，说："我想找你借一件东西，以定军心，你千万不要吝惜。"

管粮官说："将军想借什么呢?"

裴茂说："我想借你的头示众。"

管粮官马上跪下磕头，说："将军饶恕，我虽然贪了些军粮，并没有什么大的过错。"

裴茂说："我知道你没有罪，但不杀你，不足以平民愤。你不要担心，你死后，你的妻子我会好好抚养。"

管粮官还想再说什么，裴茂早一声令下，叫刀斧手推出门外，一刀斩了，并将他的头高悬在竹竿上，还贴出告示，说管粮官克扣军饷，盗窃官粮，所以按军法处置。

当时，他的儿子裴潜、裴徽、裴辑、裴绾也在军中，说到斩杀管粮官一事，几个儿子面露疑惑，好像是在琢磨父亲怎么狠得下心来。裴茂说："君子崇尚勇武，把义作为最高准则。大乱时期，我若不杀管粮官，不足以平民愤，不足以稳军心。再说，等到战乱结束，我自会抚养其家人。"

果然，军中骚动得以缓解。

次日，裴茂传令各营将领："如果大家不同心协力，不并肩作战，三日内破不了城，全部斩首！"

裴茂身先士卒，到得城下，督促全军，搬土运石，填壕塞堑。城上箭如雨下，有两员裨将畏避而回，裴茂一剑将其斩于城下。于是，大小将士，无不向前，军威大振。城内李傕守军抵抗不住，裴茂带领的士兵争先上城，斩关落锁，大队拥入。李傕身死，焚烧所有犯禁之物、宫室殿宇全部焚烧一空，裴茂终于攻克城池。

曹操得知消息，催裴茂继续进兵，剿匪余部。裴茂谏言："近年来荒旱不止，军粮补给艰难，如果继续征战，劳军损民，恐怕也没有什么好处。不如暂时先回许都，待来年新麦成熟，军粮足备，再成大事。”曹操准许。

裴茂于是带兵回到许都，兑现承诺，同儿子裴潜、裴徽带着金银财物去被杀的管粮官的家中，对管粮官的妻子说：“你的丈夫在战争中顾全大局，为朝廷做出了重要贡献。”又对管粮官的儿子说：“你要继承你父亲的志向，将来做一个对国家有用的人。”

出得门来，裴茂对儿子们说：“见到有德行的想向他看齐，见到没有德行的人就内心自我省察。你们看到我关键时刻做决定时的不当，这说明你们在反省，也是好事。你们是在委婉地劝谏我，我也自然会注意。不过，我是不会为自己辩解的，大丈夫处世，成败自有公论。”

《三国演义》中也有这个情节，只是杀粮官的是曹操。

公正执法

汉献帝在曹操保护下，收复了长安后，指令裴茂复查诏狱。

裴茂对汉献帝说道：“宦官之祸，古今都有。如果不是皇帝给了他们那么多权力，事情也不至于到如今这般地步。要想处理这些祸患，也不必一一加以责罚，只要把元凶除掉，就足以警醒世人。如果犯事的人都要受到惩罚，事情一旦败露，恐怕会遇到极大的阻碍。”

当时掌握重权的大臣听了，还有些恼怒：“赏罚不明，难不成是你还怀有什么私心吗？”

裴茂退出来后，说道："将来扰乱天下的人，肯定是这些自私的人。"

尽管对手暗中收集情报，诬告裴茂，说他"擅出囚徒，疑有奸故"，并建议朝廷逮捕裴茂，裴茂也没把这些阻拦放在心上。他执法公允，一一复核狱中朝臣，看到多数人都是因为诬陷进去的，更是痛心不已。战乱年代，正是用人的时候，他准备将这些人全部无罪释放。执行决定前，他与儿子们谈话，表明了自己的意图："如果有些对手是在严肃地规劝我，我自然会听从，毕竟改正过错才是最可贵的；但是，我现在做的事有什么错呢？身为朝廷命官，就要时时以国家社稷为重，不能因为害怕个人遭到报复，就不去作为。"

裴茂的做法也得到了不少同僚的支持，纷纷为他鸣冤，汉献帝于是下达诏书："天灾屡降，阴雨为祸，使者裴茂奉命宣达朝廷恩泽，应该赦免释放那些无罪之人，这也许更合乎老天爷仁慈的心意。朝廷本想化解仇恨，怎么能又重新加罪于他们呢？一概不要再过问了。"裴茂因功封为阳吉平侯。

第三节　一世之美士裴潜

这一节我们接着上一节来说裴茂的儿子裴潜。裴潜在裴氏家族武将中是很重要的一位人物。陈寿的《三国志·魏书·和常杨杜赵裴传第二十三》记载："裴潜，字文行，河东闻喜人也……和洽清和干理，常林素业纯固，杨俊人伦行义，杜袭温粹识统，赵俨刚毅有度，裴潜平恒贞干，皆一世之美士也。"《魏略》载："潜世为著姓……潜为人才博，有雅容，然但如此而已，终无所推进，故世归其洁而不宗其余。"

裴潜历任曹魏散骑常侍、关内侯、尚书、河南府尹、太尉、军师、大司农、吏部尚书同平章事、清阳亭侯、尚书令。

名将之后，治理代郡建功

裴茂虽然是大将，但由于是裴氏族人，非常重视教育，所以给儿子取名为裴潜，字文行，就是希望他潜心学习，多读圣贤书。可能是由于母亲出身寒微，常受父亲冷落，裴潜自然替母亲鸣不平，常有逾矩失礼的地方。《魏略》的说法是，"潜少不修细行，由此为父所不礼"。好在成年之后，裴潜"折节使进"，节操清廉，一时声名远扬。

正逢三国乱世，征战无数。裴潜避乱荆州，当时荆州牧刘表恩威并著，招诱有方，使得万里肃清、群民悦服。又开经立学，爱民养士，从容自保。远交袁绍，近结张绣，内纳刘备，据地数千里，带甲十余万，称雄荆江。见裴潜到来，也是以宾客之礼相待。时日一久，裴潜就看出刘表其实没什么进取之心，私下里就和朋友们说："刘牧不是什么霸王之才，他就想靠着偏隅一处，以为这样就能过日子，却不知道他的末日马上就要到来了。"因为看清了局势，裴潜立即去了长沙，投奔曹魏政权。

曹魏大军夺下荆州后，曹操器重裴潜，任其为参丞相军事，接着又换了三个地方当县令。每到一处，裴潜从不拖家带口，为的是不给当地百姓增添负担。家里没有钱款来源，妻儿过得非常辛苦。《魏略》载："妻子贫乏，织藜芘以自供。"朝廷看重他的清明廉洁，就让他做了仓曹属，管理国库。这一日，恰巧曹操来视察，问裴潜："卿前与刘备俱在荆州，卿以备才略何如？"

裴潜答道："使居中国，能乱人而不能为治也。若乘间守险，足以为一方主。"

不久，代郡大乱，乌丸王和另外两个首领各自称王。太守昏庸无能，无法治理。曹操问裴潜有没有什么好办法。裴潜说："代郡百姓众多，人们也过得殷实，如果带着兵马去征讨，动不动就是上万人出动，只怕会引起更大的误会。乌丸王自己肯定也知道放横日久，心内也不安，带那么多人去，反而成了大规模的战争，如果我只是带几个人去，他们也不会害怕。我再用计谋收买他们，这事也就成功十之八九。"

于是，裴潜被任命为代郡太守。他也不带领精兵去镇讨，只是匹马单车，赶赴代郡。乌丸部族与将领见裴潜只身前来，为其胆略慑服。听了裴潜的条件，乌丸王自然知道两家和好，对他们也更有利，谁想连年战争呢？何况裴潜给出的条件也不错。于是，单于以下，纷纷脱帽致意，把掠夺的妇女、器械、财物，悉数归还。

裴潜自然懂得远交近攻的道理，对乌丸部族，他是恩威并施，对于代郡内部与单于相互勾结的郝温、郭端等十余人，尽数诛杀。北方边境一时大震，百姓归心。

三年后，因治理代郡有功，裴潜调回朝中，任丞相理曹掾诸事。曹操没少夸奖他，称赞他治代有功。裴潜说："我对代郡的百姓是很宽容，但对犯我边境的胡人却非常严厉。接任我的人，可能想着我对他们过于严厉了，说不定事事都以宽怀优惠对待他们；这些胡人，向素骄横恣傲，过于宽松只怕适得其反，他们不仅不懂得感恩，说不定还因此乱了法度，到时只怕又会引起骚乱。照这样下去，代郡的形势又会危急。"曹操听了，后悔过早把裴潜调回来。后数十日，单于果然又引发骚乱。

清廉做官

几年后，裴潜出任沛国相，后来又到兖州任刺史。正好蜀国大将关羽攻打樊城，形势严峻。曹操领兵亲征关羽，裴潜也率军前往增援。曹操看到裴潜的军队陈列齐整，认为治军有方，大加赏赐。即便是得到皇帝的厚赠，裴潜依然清廉。《三国志·魏书·和常杨杜赵裴传第二十三》记载："又以父在京师，出入薄车；群弟之田庐，常步行；家人小大或并日而食；其家教上下相奉，事有似于石奋。其履检校度，自魏兴少能及者。"一家大小，经常一天只吃一顿，这话似乎夸张，却也能看见当时史官浓墨重笔，对其清正廉洁的高度评价。

魏文帝曹丕登基后，裴潜任散骑常侍。他对别人要求严格，自己也是身为示范，比如出入门庭，他也只坐薄辇，可谓简省到极致。后到魏郡、颍川任典农中郎将时，看到百姓不满屯田制，裴潜就上书曹丕，建议仿效郡国九品中正制，在屯田区内施行推荐选拔官吏制度。魏文帝听从了他的意见，从此，曹魏民众，不管民官，想要进仕获取功名，只要够选拔条件，一路通畅。不久，裴潜到荆州任刺史，赐爵关内侯。

魏明帝即位后，裴潜入朝任尚书。后出任河南尹，转太尉军师、大司农，封清阳亭侯，邑二百户。再后来，又调为尚书令，奏正分职，料简名实。后因父亲去世，裴潜辞掉官职，暂拜光禄大夫。

正始五年，裴潜去世前，特意交代儿子裴秀，要俭葬。裴秀认为父亲功业如此辉煌，过于简单，只怕要让人笑话。裴潜也没有训斥儿子，只是让拿来《论语》，说："不要以为铺张浪费就是孝顺，关于孝，孔夫子都有过什么言论？你给我背一背。"

当裴秀背到"奢则不孙，俭则固，与其不孙也，宁固"时，裴潜示意他停下来，问这句话具体的意思。又背到"生，事之以礼；死，葬之以礼，祭之以礼"，又让裴秀停下来。裴潜说："活着的时候，你们为人处世都待我有礼有节，我死了，你们按照正常的礼仪去安葬，就够了，千万不敢大肆铺排。我们裴家之所以能够有今日，全因我们事事节俭，不逾矩。孔夫子说，礼的根本是什么呢？与其奢也，宁俭；丧与其易也，宁戚。"

裴秀由此知道父亲的深意。裴潜去世后，裴秀只在父亲的坟墓中放了一具棺材，数枚瓦器。朝廷追赠裴潜为太常，谥号“贞侯”。

裴潜以身作则，家风良好，大弟裴徽精通玄学名垂史册，官至冀州刺史；二弟裴缉在汉献帝时官至兵部尚书；三弟裴绾在建安年间官至尚书令；儿子裴秀在咸熙年间官至尚书仆射。他们都是清清白白做官，留下了很好的名声。

第四节 善辩斗士裴英起

《北齐书·二十一卷·列传第十三》载："裴英起，河东人。其先晋末渡淮，寓居淮南之寿阳县。祖彦先，随薛安都入魏，官至赵郡守。父约，渤海相。英起聪慧滑稽，好剧谈，不拘仪检，仕魏至定州长史。世宗引为行台左丞。天保中，都官尚书，兼侍中，及战没，赠开府、尚书左仆射。"从这段话可以看出，晋代末年裴氏族人裴英起，是一位非常聪明能干的谋士。

年少敢于直谏皇上

裴英起少年就显示出聪明才智，对战国纵横之士以口舌取卿相，诸子著书立说，尤其神往。《韩非子》《国策》《吕览》，更是案头读物。每日读书，也好引经据典，与人终日高谈阔论为乐。

永明年间，父亲裴约带英起参加齐武帝萧赜为群臣组织的宴会。宴筵后，齐武帝余兴未尽，又提出一起射箭比武。轮到武帝，他弯弓射箭，一支也没射中靶子，然而，众大臣却依旧大声喝彩："好箭！好箭！"

齐武帝听了，并不高兴，他脸色阴沉，把手中的弓箭重重摔在地上。英起不谙世事险恶，见武帝情绪不高，走到跟前，问他出了什么事。齐武帝见英起满脸天真，说："英起啊，这么多年，怎么就没人愿意当面指出我的过失呢？刚才我射箭，明明没有射中，可他们却异口同声一个劲地喝彩，你要是天天和这么一帮人相处，你难不难过？"

裴英起仗着读了些经书，免不得要掉一点书袋，竟然就跟齐武帝说起了历史上类似的故事和掌故，而且还直言点评当天的事情："这就肯定是大臣们没有尽到做臣子的职责。论起智慧来，他们未必不能发现您的过失；就是讲起勇气，他们也不敢向您提出意见，生恐冒犯了您。不过，皇上，您也饱读史书，想必知道上行下效的道理。一国之君喜欢什么衣服，做臣民的自然跟着仿效；您喜欢吃什么东西，做臣民的自然也逐渐模仿，改变自己的口味。如果是这么多年来都没有人指出过您的过失，是不是因为您听不进批评反对的意见？要知道别人摸清了您的脾性，肯定您只喜欢奉承的话，又干吗冒着生命危险反对您？”

听了裴英起的一番话，齐武帝面露愧色。旁边的裴约早就吓得面如土色，叩头如捣蒜，请求皇上不要恼怒儿子的鲁莽。齐武帝正色道：“我要庆幸啊，终于有个孩子敢和我说说心里话了。”

也是因为裴英起的一番谈论，齐武帝省视周边人等，革了许多佞臣的职，重用一批敢言实干的大臣。裴英起也在受封之列。

做真性情之人

因为看重裴英起的才华，又喜欢他的真性情，齐武帝就经常在宫中和他对谈。恰逢天气暑热难当，武帝便呼唤侍从，担水洗澡，之后，模仿胡人舞蹈，跳丸、击剑，又即兴表演当时风行的乐舞谐戏，然后问裴英起：“英起，你说说你的看法。”

裴英起开始还不适应，等到明白这是齐武帝和他嬉戏玩乐，才渐渐放松。心里放松，行动上仍是不敢掉以轻心。他整了整衣帽，侃侃而谈，说完混元造化的端底，又谈论羲皇以来贤圣名臣烈士，讲了古今文章，为官之道，还没尽兴，又聊了半天用武行兵。齐武帝听得高兴，等到酒肉上来，两人共餐，不再闲话。等到晚上裴英起走后，齐武帝还惊叹他的才能，直呼天人。

当时，齐国世子未立，武帝更喜欢次子，想立次子继承皇位；裴英起也屡次称赞次子的聪慧，只是众大臣不服，认为这样一来，就坏了历朝历代传下来的规矩。有人上了一道奏折，说裴英起无所作为，却雄踞高位，干涉朝政。甚至有人传言，说裴英起见王室不宁，招合徒众，欲图不轨。又说他忝为贵族，不遵朝仪，秃巾微行，言论放荡，别人还说他“仲尼不死”。裴英起听了，并不当一回事，还在下一次和齐武帝见面时谈起这事来，自嘲：“这么好的时代，难道就容不下一个真性情的人吗?”

大臣们的各种议论不断传到齐武帝的耳里，朝廷自然也是一番骚动。好在齐武帝知道裴英起处事不拘小节，本性并无恶意，并没有治他的罪。事实上，每逢大事，裴英起并没有逾越规矩。有一次武帝的爱妃去世，想要大肆操办，裴英起建议：“办吉凶事时，车服制度，各有等级区别，详细列好条文和样式，做到节俭而又适中。”齐武帝接受了他的建议，取消了大操大办的决定。自此，齐武帝愈发信任他。

骁勇善战

裴英起历仕北魏，一路官运亨通。改朝换代后，宣武帝元恪也赏识他的才华，提拔他为行台左丞。到了天保年间，裴英起升任都官尚书、侍中。

绍泰元年，北齐立贞阳侯萧渊明为梁主，派上党王高涣带兵护送，裴英起也随行护卫。走至半路，听说晋安王萧方智已进入梁朝旧都建康，继了王位。北齐皇帝指令高涣发兵征讨。裴英起带领先锋探敌，一路克敌无数。攻克谯郡后，梁朝权贵王僧辩迟迟没有表态。裴英起乘胜追击，刀斩梁国散骑常侍裴之横，占领东关。王僧辩这才定了主意，秘密联系萧渊明，二军订盟于江北。

高涣还师北上，裴英起受命带一支人马，护送萧渊明入主梁朝京都建康。萧渊明即位，改元天成。裴英起完成使命，欣然踏上归途。

不料，梁国各派暗斗，竟于九月发兵，南梁大将陈霸先起兵。一举攻克建康，逼萧渊明退位。王僧辩死于此次政变。

北齐文宣帝高洋听到萧渊明被废，令萧轨、东方老、裴英起、王敬宝率数万步骑，讨伐陈霸先。两军激战数日，互有胜负。天保七年，萧轨、裴英起再度征讨，屯军丹阳城下，适逢大雨，萧轨、裴英起带领的北齐军队陷在泥淖之中，无法适应南方地形，大败。萧轨、李希光、王敬宝、东方老及裴英起一同战死，士卒归来，不到十分之二三。

北齐朝廷听闻军队大败，举哀同时，抚恤烈属。裴英起追赠开府、尚书左仆射。

第五节　三军勇士裴果

《周书·卷三十六·列传第二十八·裴果传》记载：“裴果，字戎昭，河东闻喜人。祖思贤，魏青州刺史。父遵，齐州刺史。果少慷慨，有志略。魏太昌初，起家前将军、乾河军主，除阳平郡丞。太祖曾使并州，与果相遇。果知非常人，密托附焉。永安末，盗贼蜂起。果从军征讨，乘黄骢马，衣青袍，每先登陷阵，时人号为‘黄骢年少’。”从这段传记中能够看出，生活在北魏时期有裴氏族人裴果，是一个名声很大的勇士，在所有裴氏大将中，他也是比较突出的一个。

改变性格，成为大才

史书上记载，裴果自幼聪敏，广泛阅读经史，人又性情慷慨，有志向谋略。平日里，与家丁舞枪弄棒，又善骑射，胆力过人，亲戚朋友都交口夸赞，认为他将来必有大出息。裴果听得多了，也有些飘飘然，开口闭口都是天下，好像拿下整个天下都不在话下。他爷爷裴思贤当过北魏青州刺史，听了孙子的话，严厉地告诉他：“你不过是出身比别人好些罢了，如果骄横自大，以为做什么都理所当然，将来必有吃亏的时候。”

生怕裴果听不懂，爷爷又举裴果父亲裴遵的例子说明。裴遵小时候也是聪明过人，读书成绩突出，武功也不错，还有上进心，只是过于自以为是，把很多人和事不放在心上。裴思贤为了让裴遵改变性格，决定让他有一番历练，把他送到军队里去。经过一番打拼，裴遵没有依仗家族支持，完全靠自己的努力，终于做到齐州刺史的位置。爷爷裴思贤给孙子裴果讲其父的经历，就是要让裴果明白，小时候自高自大不可怕，怕的是长大后不能改变，那可就要吃大亏了，也不可能成才。

裴果听了爷爷讲的关于父亲的故事，受到了很大触动，终于明白了一个道理：要想有出息，将来做国家栋梁，必须改变自以为是的性格，必须要谦虚谨慎，学有所长，不管或文或武，一定要靠本事服人。

北魏孝庄帝永安末年，乱民横行，匪患不断。北魏朝廷派兵镇压，这时候的裴果已经成为一名战士，随军征讨。他求胜心切，骑一匹黄骢马，身着青衣战袍，冲锋在前，所向披靡。

有一回，敌军渐渐远走边境。朝廷准备聚集全军追击，以绝后患。裴果说："穷寇早已没了斗志，他们又没有城池营栅，只不过靠抢劫财物供给，安定时便如蚂蚁聚集，窘急时便作惊鸟飞散，攻取在于迅速，不在于人多。如果星驰电发，出其不备，出动一千精骑，就可殄灭。如果征集军队再去，他们必然远远逃窜，虽然有大队兵马，也没有用处。"他的建议得到了众人赞同。于是，裴果率领一千骑兵讨伐，快速进击，一举击溃敌军。

裴果勇冠三军的威名，一时传遍交战双方阵营，人称"黄骢年少"。朝廷颁令，重赏裴果。裴果听了，坚辞不受，说："这场战争，并不是我一个人的功劳，这么多士兵，告别乡里，离开亲人，为国征战，都是诚心诚意的，岂是我一个人的功劳！如果我把这么多荣誉都归到自己身上，只求个人荣誉，那就违背了我的原本心意。"

听了裴果一番话，皇帝更是感动，授予他乾河军主，总领一方军务。

智胜敌军

裴果担任乾河军主期间，西魏杰出的军事家、改革家、统帅，西魏的实际掌权者宇文泰出使并州，遇见裴果，两人聊得非常投缘。说起天下大事，宇文泰语言流畅，侃侃而谈，雄视高蹈。裴果也是想成就大事业的人，料定宇文泰将来必成大业，于是，两人暗中商定，裴果要归附宇文泰。

永熙年间，裴果官至河北郡守。次年，北魏分裂。宇文泰杀死孝武帝元脩，建立西魏。与此同时，另一员大将高欢，打到洛阳，拥立元善见为帝，迁都邺城，史称东魏。当时，东魏强盛，一班趋炎附势之徒，背弃西魏。裴果却带领族人、同党，按先前的商定，归附宇文泰。宇文泰嘉奖裴果，赐给他田宅、奴婢、牛马、衣服等什物无数。

元象元年，高欢率二十万大军，从蒲津渡过黄河，进攻西魏。裴果领兵拒敌。高欢自恃人多势众，不讲兵法，在沙苑大败。几年后，高欢再次带兵进攻西魏，裴果再次出战，击退东魏兵马，又立新功。

武定元年，高欢率领的东魏军，与宇文泰率领的西魏军在邙山对峙，结果西魏军被东魏军围在玉璧城中。东魏军时时骚扰，宇文泰令裴果带兵出击。裴果挺身陷阵，生擒东魏都督贺娄乌兰，大涨西魏军士气。

此时正值寒冬十月，裴果见东魏军衣衫褴褛，补给不足，估计也坚持不了多久，就向宇文泰建议：“我军只要凭借沟垒，坚守不出，等到凛冬至，东魏军不胜其苦，我军肯定会不战而胜。”

果然，不多久，大雪纷飞，雪积尺余，围在城外的东魏兵，因粮饷不足，准备不充分，斗志大减，高欢见状，也只好退兵。

这次战役，裴果在军内名声大振，宇文泰更是欢喜，补封他为“帐内都督”。不久，又升他为平东将军，兼职帅都督。此后，裴果又带兵平定随郡、安陆之乱。裴果屡建奇功，一时无人能及，官至大都督，正平郡守。

廉洁做官

裴果老家闻喜，就隶属于正平郡。在自己的父老乡亲跟前做起了“父母官”，裴果更是谨慎为官，公正廉明。对作奸犯科的歹人，裴果毫不姑息，坚决打击；对趋炎附势的奸佞小人，裴果远而避之。对老百姓则是尽力而为，帮助解决问题。如此，裴果在家乡名声大振，威信很高。

鉴于在地方治理上的成绩，裴果升任为使持节、车骑大将军、仪同三司、散骑常侍、司农卿。

这一年，尉迟迥征伐蜀地，裴果随行。他总是带兵冲锋在前，攻破剑阁，击败李庆保，收降杨干运，立下功劳。西魏废帝三年，授予裴果为龙州刺史，封为冠军县侯，食邑五百户。张道、李佑造反，围攻州城。当时裴果手中粮食和兵器都很缺乏，裴果设定计谋进行抗击，贼寇退走。裴果多次打败贼寇。

旬月之间，州境之内得以太平。

北周孝闵帝登基后，裴果被封为隆州刺史，加使持节、骠骑大将军、开府仪同三司，晋爵为公，增封食邑一千户。以后，又转任眉州刺史、复州刺史。

无论是带兵打仗，还是治理地方，裴果都不看重财物，所得的俸禄，都送给了亲戚、朋友和老百姓，因此也结交了一批贤能之人。家人没少抱怨，但裴果也不记在心上，偶尔闲下来，教育孩子，也是推心置腹："大丈夫，要自己努力求功名。我们这一家，你太爷爷，你爷爷，还有你爹我，都是靠自己的双手打拼来的。钱财都是身外之物，不去合理地运用，还不如粪土，只会害人。你们要是沾沾自喜，以为靠着我的庇护，这辈子就不用做什么努力，那只会侮辱我们家族的名誉。"

裴果在给儿子裴孝仁讲述上面这番话的时候，又想起年轻时候爷爷的教导。他说，知道我为什么要给你取名孝仁吗？裴孝仁搬出《论语》里的话应对。裴果说："这是乱世，如果你沉迷于富贵梦乡，那就是个小人。我只是希望你们在无能力做别的事情时，内外兼修，做个仁人君子。"

裴孝仁也是聪慧之人，在裴果调教下，文武德行兼备，历任诸州刺史。

天和二年，裴果卒于任所。北周武帝表彰裴果，追赠原有官职，又加封绛、晋、建三州刺史。

第六节　保土守疆忠臣裴鸿

裴鸿，河东人，生活在南北朝时期。裴鸿少恭谨，有干略，历官内外，功勋卓著。

少年显示奇才

裴鸿少年就志向远大，又好施舍，爱结交读书人。长大后，能骑马左右射箭，勇猛过人。还没有读兵书之前，就能做出跟兵法一致的谋略，不少有见识的亲戚朋友，都认为裴鸿是个军事奇才。

父亲裴弘陀曾做过北齐的义阳太守，平日里辅导裴鸿读书并谈论古今故事。有一回，父子俩谈到历史掌故，父亲说起从前一位大将，平日里善待幕僚，关键时候，却被幕僚杀害，将领官吏各自逃散，无人忠于职守。裴鸿就对父亲说："我听说仁义之道难以持之以恒。实行它就是君子，违背它就是小人。这位将军义气恩惠，关键时刻保持名望节操，待幕僚都以国士之礼，这难道不是我们应该崇敬的人吗？"说到这里，裴鸿义愤填膺。裴弘陀看出儿子内心忠诚，遂加以引导，告诉他做大丈夫，不能先自设定别人是小人，但也要有御人之术。夫子之道，最重要的是"宽恕"二字。

裴鸿早就熟读四书五经，自然懂得父亲的教导，他为人也愈发恭谨。待到二十来岁，父亲带兵远赴边疆，裴鸿随行，作战时总是冲锋在前。当时西北边境匪患不断，又有胡人骚扰，裴弘陀命令裴鸿带兵袭击。

当时胡人仗着马快兵精，认为裴弘陀兵马相距还远，也没有什么戒备之心。裴鸿率五十名骑兵，先在城边高岭上竖起大旗，然后立即驰入城中。胡人将领正在举行盛大宴会，突然看见裴鸿到来，众人都大吃一惊，手足无措。裴鸿挥刀斩杀首领，高悬其首级，向胡人发布命令。又遥指城外大旗，命令两名骑兵道："出城追赶大军！"胡人大为恐惧，迅速降服。边境群贼也都归降。

消息传到朝廷，裴鸿获得嘉奖，受封为安西将军。当时宇文泰初建丞相府，正是用人之际，不久，裴鸿又被任命为大丞相府功曹参军事，加持节、帅都督、中军将军、右金紫光禄大夫。

仁义之将

北魏时期，朝廷内乱不断。裴弘陀兵马众多，宇文泰派遣特使，意图共同谋划，匡复周代朝廷。裴弘陀惦念旧主，犹豫不定，对裴鸿说："如今女主临朝，政权归于亲信。盗贼遍地，海内动乱，官军屡次出击，相继败亡。我裴家世代承蒙恩泽，应当与之同甘共苦。如今我打算亲率兵马，急赴京师，内除奸臣，外清叛乱。你看如何？"

裴鸿想起当年父亲讲的故事，便问这么做算不算叛乱。裴弘陀正色道："大丈夫行事，光明磊落，这么做，并不是为了个人恩怨。"

裴鸿又说："父亲你了解宇文泰是个什么样的人吗？"

裴弘陀说："他是个明君，也有自己的想法，辅佐他，也是天下百姓的幸运。"

裴鸿说："既然父亲认定这事值得去做，做儿子的断然没有不支持的道理。"

裴弘陀又问："那你说说有没有什么取胜之计？"

裴鸿答道："欲行非常之事，必有非常之人。父亲兵马强盛，位高望重。如果首举义旗，征伐叛逆，辅佐君王，何往而不胜？何向而不摧？古人说：'早晨议定的事，等不到晚上；说好出发，就等不及驾好车辆。'就是指的这类事啊！"

裴弘陀看了儿子一眼，说道："你这番话真是大丈夫的志向啊！"

内有宇文泰呼应，裴鸿率兵赶赴洛阳。叛乱朝臣一一清剿。宇文泰欲灭罪人九族，裴鸿劝道："这时正是展示您的仁政的时候，如果手段过于暴烈，只怕民众过于畏惧您，恐不会有好的结果。"

宇文泰表示不灭九族，但要处死首犯，向天下谢罪，震慑众人。裴鸿说："这个人虽然疏懒，但他有不避艰险的血性，如今四方动乱，良将难求，请留他一条活命，让他以后效力。"宇文泰听从他的建议，没有处死首犯，而是让他戴罪立功。

智慧作战

北周孝闵帝宇文觉继任后，吐谷浑骚扰陇西，关中动荡，朝廷十分担忧。宇文觉打算派裴鸿前去讨伐。裴弘陀对儿子说："吐谷浑拥有秦陇之兵，足为劲敌。如果你劳而无功，责罚跟着就到；倘若定期将其荡平，又恐怕会招来谗言。"

裴鸿说："我自有计策保住自己。"

裴弘陀说：“说来听听？”

裴鸿说：“请皇帝派一个人担任元帅，我当副职，就可以了。”

裴弘陀认为儿子说得有理，这样做，如果打了胜仗可以避免独占功劳的嫌疑；如果出师不利，还有元帅顶着，自己也不会受太大影响。

吐谷浑得知北周大军压境，马上派兵阻断道路。等到北周军队驻扎在潼关，前方侦察员带来道路不通信息，大将军面露为难之色。裴鸿说：“关中贼人不过是一群草寇，您尚且迟疑不决，如果遇到强大的敌人，将如何作战？”

大将军说：“今日之事，完全委托给你，你为我制定方略。”

吐谷浑自以为占据天险，料想北周军队即便修好道路，也得等到凛冬将至，河面结冰，才能进攻。因此，并不特别防御。

裴鸿看出了对方的意图，将计就计，每天在阵前叫敌，迷惑吐谷浑。裴鸿颂扬北周国威，吐谷浑自言强盛，彼此辩驳几句。吐谷浑将军傲慢无礼，竟然让传令官把话转达裴鸿。裴鸿怒道：“我与吐谷浑说话，你是什么人，竟敢同我对话？”传令官依恃隔河，答话无礼，裴鸿举箭便射，传令之吏应弦而倒。

过了些时日，裴鸿也不进军，只是散布消息，说：“如今气候渐渐炎热，不是打仗的时候，等到秋天凉爽时再来。”

吐谷浑信以为真，就分散队伍，在岐州以北耕作生产，只派人在险要之处设置栅栏，边防御，边耕田。

暗地里，裴鸿派兵在河道下游用船搭桥，择定一日，他派北周精锐骑兵趁夜过河，埋伏在地形隐蔽处。

次日，裴鸿依旧来到河边叫阵。吐谷浑听得泼烦，带领部将，意图也学裴鸿，以箭伤人。裴鸿且骂且走，吐谷浑以为裴鸿逃走，以轻装骑兵追赶裴鸿。

由于道路险峻，吐谷浑兵马无法齐头并进，只得前后变成一条长线，早已根据山冈横立的地形埋伏下的北周兵马，等到裴鸿一声令下，立刻加入战斗，吐谷浑兵马纷纷被擒拿。裴鸿心存仁慈，命令部下，凡是下马者，一律不准杀害。吐谷浑将士看见这种情况，纷纷下马，战斗很快结束。

此战，吐谷浑大败，裴鸿带领的北周军队缴获战马数千匹，俘获投降军士若干，一时军威大振。

边患平定，裴鸿班师回朝。主将论及裴鸿的功劳，裴鸿谦逊，说都是全军将士共同作战的成绩。宇文觉见裴鸿不居功自傲，更是欢喜，加封他为小御正，晋爵为伯。此后，裴鸿又经历两朝，官职不断提升。到天和三年，裴鸿病故，朝廷追赠他为丰、资、遂三州刺史，谥号“忠”。

第七节　驰骋南北裴叔业

裴氏族人中，晋代的裴叔业，是一位驰骋南北、功绩卓著的将军，尽心尽力辅助朝廷保卫国家，影响很大。

家教严谨

跟裴氏其他将军一样，裴叔业年轻时就善于骑马射箭，有大志向，常常以将军的口吻说话。父亲裴顺宗是一个地方官员，平时忙于公务，没有时间管教儿子，就对妻子说："你应该多提醒一下儿子叔业，现在不知道世间险恶，一味骄傲，将来只怕要吃大亏。"

妻子明白丈夫的良苦用心，当然应允。有一日，裴叔业又在后花园弯弓射鸟，与众家丁搏斗嬉戏。这些家丁都是敷衍公子，没有一个真的使出本领挑战。叔业母亲看了一会儿，便把他叫过来说："你还记得东晋名将陶侃的故事吗？"

裴叔业说："陶侃的故事我不太记得，倒是记得他母亲对他的教导。"

母亲说："你讲来听听。"

裴叔业回答："就是做母亲的希望儿子能有出息，做一个清正之人，不可仗势欺人，误国害民。"

母亲接着问道："陶侃母亲送给他的三个物件你还记得吗？"

裴叔业说："我知道，就是一坯土块，一只土碗和一块白色土布。"

裴叔业说完就明白了母亲谆谆教导的目的，这是母亲在教育他，要向东晋名将陶侃学习，永远记住家乡故土，莫要贪图荣华富贵；要保持自家本色，做官要尽心恤民，廉洁自律，清清白白，永不忘本。

裴叔业长膝跪地，说他永远不会忘记母亲的教导。

改变恶习

南朝齐萧鸾，有一次见到裴叔业，裴叔业表达了对国家前途大业的思考，让萧鸾大为惊奇，对他说：“你如此有志向有理想，还怕将来不大富贵。你应该不断努力，实现理想。”当时萧鸾任职豫州，引荐裴叔业为司马，带领陈留太守。后来，萧鸾自立为帝，任命裴叔业为给事黄门侍郎，封为武昌县开国伯，食邑五百户。

萧鸾拜裴叔业为持节、冠军将军、徐州刺史。裴叔业到淮河边拜会尚书郎中、侄儿裴聿。裴叔业盛饰华服出行，对裴聿说：“我在南方富贵，正如你现在所看到的，哪像你这种简陋的样子呢。”

裴聿说：“伯父仪服的确很华美，只是痛恨不能白日出游啊。”

裴叔业听了裴聿话里的讽刺之意，想起从军前母亲的教诲，脸有悔色。回到家里，又反省这些年来，终日狂歌纵饮，心底终是忐忑。国家风雨飘摇，内斗不断，我借酒解愁，享尽华服美食，难道就够了吗？

长期的军旅生活，裴叔业难得与父母团聚，这一日，正好有部将返回父母亲居住的襄阳，他便采办了一些江南特产，让部将送给父母。谁知，父母却原封不动地将这一堆特产退了回来，母亲还在信中写道：“儿子，你所做的这些，看起来是尽孝道，但你想没想过，你身为一方父母官，拿官家的东西回来，会增加我们的精神负担啊。”

裴叔业收到母亲退回的特产，大为震动。我是为朝廷做了不少事情，难道就因为自己有了功劳，就可以把国库当成自家粮仓，随意使用吗？他当即下定决心，不再沉溺吃喝玩乐，不再跟酒肉朋友混日子，终日练兵，想着终有一天，要尽忠守责，保卫朝廷。

仁义对降兵

当时，南齐朝廷内斗不断。浔阳萧子懋意图带兵建业，削弱萧鸾兵权，却被萧鸾得知，于是派裴叔业袭击浔阳，对外声称是去当郢州府司马。浔阳守军萧子懋知道消息走漏，加强守卫。裴叔业故意坐船沿江逆水而上，造成他不进攻的假象。到了晚上，借着夜色掩护，他带兵突然返回进攻守军，攻破了浔阳城池，但是，萧子懋的军队人数太多，并未能完全占领浔阳。于是，裴叔业就劝说萧子懋："萧子懋，趁现在你们还没有造反，奉劝您还是回到国都，我担保您不会有事。大不了当个闲官，也不失富贵呀。"

萧子懋的部下知道萧鸾的厉害，继续对抗一定没有好下场，结果多人起兵倒戈，投降到裴叔业的部队。萧子懋当然非常愤怒，却也无法改变局面，终被部下所杀。

裴叔业看到归降来的人，说，这些见风使舵，不忠不孝的人，留在部队里也是祸害，还不如尽数杀之。马上有部下劝裴叔业，千万不要开杀戒啊，他们都是军士，不杀他们，将来征战肯定尽力。裴叔业这才醒悟，没有滥开杀戒。

重情义难反主

几年后，南齐皇帝萧鸾死了，儿子萧宝卷继位。裴叔业继续当着将军，后迁任南兖州刺史。由于一次军事行动，萧宝卷对他起了疑心，听从谗言，要处罚他。虽然裴叔业用实际行动，证明了自己的忠心，但仍忧惧不已，派亲信到雍州刺史萧衍那里寻求保护。他在给萧衍的信中说；“天下之事，大势可知，恐怕现今没有自立之理。您如能牢牢把住襄阳，则当勠力自保；如不然，回而向魏，也可作河南公。”

萧衍回信说：“群小用事，能维持多久？想来想去，你只有送家属到京城以表明心迹，自然没有祸患。如若他们仍咄咄相逼，我就统领马步二万直出横江，断他们后路，则天下事就可一举而定了。你若想面北，魏廷必定派人取代你，把你安置在黄河以北，河南公哪里还能得到？如果这样则南归的希望就断绝了。”

裴叔业迟迟下不了反叛的决心。而当时萧宝卷昏狂，日滋月甚，淫虐遍及朝野，滥用淫刑，国家眼看就会瓦解。裴叔业这才下定决心，带兵逃离。可惜，军队没来得及渡过淮河，裴叔业就病逝了，享年六十三岁。

第八节 用明逆顺裴虔通

河东裴氏族人中，有一位裴虔通，历官隋唐，曾经是隋炀帝的亲信随从，做过监门校尉、宣惠尉、监门直，最后当上通议大夫。隋亡唐代后，裴虔通被朝廷授予徐州总管，再转任辰州刺史，因他是前朝遗官，又因酒后狂言，招之被贬驩州而客死他乡。

严格的家教

裴虔通出身河东裴氏名门，自幼聪明，家庭背景好，是标准的少年得志。小时候，父亲问他的志向，他说："良禽择木而栖，大丈夫自然也要寻找一个明君。"当时，隋室晋王，后来成为隋炀帝的杨广看中他的才华，用为亲信。虔通的父亲为人老派，见儿子终日跟着杨广，也没多话，只是谆谆告诫裴虔通："做臣子的要忠诚，不敢当着晋王的面说什么良禽择木而栖的话，你要小心言多必失。"

裴虔通问："儿子服从父亲，就是孝顺吗？臣子服从君主，就是忠贞吗？"

父亲没有回答裴虔通的问题，只是问他还记不记得《论语》里孔夫子说过的话。

裴虔通说："这个故事您讲过多遍，孩儿自然记得。"

父亲就问他："你说记得，能给我讲一讲吗？"

裴虔通当即讲述："拥有万辆兵车的大国，只要有四个敢于诤谏的大臣，疆界就不会被割削；拥有千辆兵车的小国，有三个敢于诤谏的大臣，国家政权就不会危险；拥有百辆兵车的大夫之家，有两个诤谏的大臣，那么宗庙就不会毁灭。父亲有个诤谏的儿子，就不会做不合礼制的事；士人有了诤谏的朋友，就不会做不合道义的事。所以儿子一味听从父亲，怎能说这儿子孝顺？臣子一味听从君主，怎能说这臣子忠贞？弄清楚了听从的是什么才可以叫孝顺、叫忠贞。"

父亲说："就只有这些吗？"

裴虔通继续说："孟子曾对齐宣王说过，君视臣如手足，则臣视君如腹心；君视臣如犬马，则臣视君如国人；君之视臣如土芥，则臣视君如寇仇。"

父亲追问："那怎么摆正做臣子的位置呢？"

裴虔通说："君有大过则谏，反复之而不听，则易位。"他终于明白了父亲的良苦用心，知道自己该如何在官场行事了。

衷心侍君

裴虔通随同杨广长年征战，数年后，南北统一，隋朝建立。开皇二十年，杨广设计，太子杨勇被废，杨广如愿当上太子。作为杨广亲信的裴虔通，升为监门校尉。仁寿四年，隋文帝一病不起。举国悲伤之时，却传出太子杨广非礼皇帝爱妃之事。裴虔通听了大吃一惊，过去杨广密谋废太子，他只知"无毒不丈夫"，做大事之人，不必讲究细枝末节，可杨广又干下如此违背人伦的事，身为臣子的他，想着应当找个合适机会，给杨广提点意见。

但是，裴虔通也心里打鼓："杨广能听得进去吗？"

裴虔通作为杨广的心腹，又为废掉太子出谋划策，裴虔通被杨广称为当世张良。大家称赞他的才华时，对他的为人也看得相当清楚。老臣中的顽固派就说，裴虔通这样的人，过于宠信必定会有后患。杨广初登大宝，任命裴虔通为宣惠尉时，又有人暗中劝杨广小心，不如另派人牵制裴虔通。杨广却并不理会，他反而说：“裴虔通这个人跟了我这么久，他是怎么想的，难道还能逃过我的耳目？借他十个胆子，难道他还敢翻了天！他胆敢胡来，不过自己找灭族之罪而已。你们不用担心了。”就连裴虔通的表哥都曾经劝杨广提防裴虔通，还把裴虔通年轻时说过的话讲了出来。杨广听了哈哈大笑：“这样的话，将来不管出什么事我也只处理裴虔通本人，不连累裴氏一家。”

告密的小人是如此之多，裴虔通哪里敢轻举妄动呢？他自然懂得明哲保身的道理。故看见杨广无论做出怎样荒唐无耻的行径，大臣们还是极力夸赞。裴虔通就知道这个时候，什么劝谏都没有意义。不过，他还是尽力尽责，做好分内的事。杨广虽然残暴，但见裴虔通没有反心，还做着实事，就提升裴虔通为黄门直阁。

大义灭暴君

天下大定，隋炀帝杨广先是下令营建东都洛阳，又开凿大运河。不久，又举国征兵，讨伐高句丽。一时民怨沸腾，处处狼烟。而隋炀帝为避乱民，又要巡幸江都。沿途忠臣直言劝谏，都被隋炀帝斩首。裴虔通食人之禄，顺应时势，见机行事，是唯一选择。

武德元年，江都粮食告急，逃兵不断。东城守将虎贲郎将司马德戡自知报告皇帝是死，便与虎贲郎将元礼、黄门直阁裴虔通等商量，准备率领部队西归。至此，一起西逃演变为集体叛乱。是夜，守卫值班元礼与裴虔通撤掉所有门栓。司马德戡在城东召集数万兵马，点火为号，举事西归。隋炀帝杨广看到了火光，问是怎么回事。司马德戡说，是草房失火，众人在救火。

等到隋炀帝明白自己已是众叛亲离，就换掉朝服，逃到西阁。校尉令狐行达冲上楼，把杨广押下楼来。杨广宠信裴虔通，见到他就质问："很多人包括你的亲戚都和我说过，你裴虔通长有反骨，我从不相信，而现在事实证明，我杨广看错了人。"

裴虔通说："臣不敢造反，只是将士们思念家乡，想要保护陛下返回京师。"话是如此说，裴虔通还是吩咐士兵对隋炀帝严加看管。

天亮后，众人迎接宇文化及上朝，拜为丞相。叛将历数隋炀帝罪过，隋炀帝爱子杨杲才十二岁，吓得直哭。裴虔通听得烦躁，为在众人面前表现他与隋炀帝划清界限，便一刀劈死了杨杲。杨广自知大限已到，想留个全尸，只求众人给他毒药。裴虔通干脆一不做二不休，与众人一起勒死了杨广。

酒话招杀身之祸

隋炀帝被杀，隋亡李代，唐朝建立。裴虔通加授徐州总管，又升辰州刺史，封长蛇县男。裴虔通作为前朝旧人，又获重用，有时酒喝多了，不免逞情使意，与人吹嘘当年如何参与诛杀隋炀帝，如此，唐王朝才得以迅速成就大业。

武德九年，李世民发动政变即位，次年改元贞观。李世民早就听说过裴虔通的酒后狂言，想着这么一个人，受人之禄，竟然恩将仇报，这样的不忠之臣，怎么能重用？谁知道他会不会将来又对大唐王朝来这么一下？于是，李世民颁下《贬裴虔通诏》："天地定位，君臣之义，以彰卑高。既陈人伦之道，斯著是用，笃厚风俗，化成天下。"

裴虔通被贬驩州。临走前，只是交代孩子，要用心读书，但不可想着做官，因为官场太多风险。裴虔通的一番话，说得妻儿流泪。裴虔通又说，男儿有泪不轻弹，父亲又不是去赴死，将来见面，你要用你的成绩和我说话。妻儿哽咽，说到后来，裴虔通眼圈也红了。

贞观二年，裴虔通客死驩州。后世之人，再论裴虔通功绩，再不以君臣本分判断人伦，而是认定他杀死暴君，功过难以尽述。

第九节　出将入相裴行俭

裴行俭是闻喜裴氏家族中最有名气的将相之一，生活在唐代初期，跟众多唐初文人、官员都有来往，许多后世介绍裴氏历史的书籍中，都会把裴行俭作为一个重要人物记述。《新唐书·列传第三十三》记载："裴行俭，字守约，绛州闻喜人。贞观中，举明经。任左屯卫仓曹参军，时苏定方为左卫中郎将军，谓曰：

‘吾用兵，世无可教者，今子也贤。’……麟德二年，擢累安西都护，西域诸国多慕义归附，召为司文少卿。”这段话大体上把裴行俭的籍贯、军事思想、官职等作了介绍。有关他的传说、故事也很多。

出身名门，储备知识

武德二年，裴行俭出生。这一年，他的父亲裴仁基、哥哥裴行俨，图谋杀死王世充未遂，反受其害。裴行俭虽然没能亲眼领略父兄的风采，但爷爷裴定经常给他讲述父兄的事迹，从小就立下了宏大志向，要像父兄一样做英勇善战的将军。

武德年间，唐高祖李渊追赠裴仁基为原州都督。裴行俭作为裴仁基的儿子，受恩荫补授为弘文生。

裴行俭每天待在弘文馆中，认真读各类书籍，只是想着趁早多储备上些知识，并没有着急去做官。时任尚书左仆射的房玄龄跟裴家有交情，有一次去裴家见了裴行俭，问他为什么不去考试？裴行俭回答道：“隋朝灭亡的时候，战乱不断，人民流离失所，我家藏书丢失殆尽。现在弘文馆有这么多好书，我还没有看完，至于考试求功名，并不是我现在最想做的事情。”

房玄龄听后，感慨不已，认为这孩子的想法非常对，如果不学习补充知识，以后不一定能有作为。和裴行俭的爷爷裴定谈起来，对裴行俭连连夸赞：“此子志气高大，足可凌云冲霄，以后他一出道，定能一日千里。”

裴定对孙儿的做法也是欣赏的，只是谦虚地说："年轻人容易恃才傲物，万万不可夸奖太多，还是要严格管教才是。"

事实上，裴行俭并不需要他人监督，他早早就明白自己的责任。自从父兄死后，他就明白自己是家里的继承者，做事为人，都应当谦逊有礼。他也更理解了父亲给他取名行俭的深义：俭，德之共也。他要用实际行动回报爷爷和父亲的期待。

受名将赏识，尽显才干

贞观年间，裴行俭觉得自己的知识已经足够应对各种考试了，在家人的支持下，参加了明经科的考试，顺利成为举人，被朝廷授左屯卫仓曹参军，成为当时名将苏定方麾下的谋士。由于他知识丰富，说话办事都很有章法，苏定方非常看重他的才干，有一次直接对裴行俭说："我用兵之法，当今世人无一可授，只有你的贤能才配啊。"

裴行俭当即叩头，感谢苏定方的抬举和赏识。此后，裴行俭跟随苏定方学习打仗要诀，袭敌奇术。苏定方经常在皇上面前述说裴行俭的能力。不久，皇帝下诏转调裴行俭为雍州司士。因为才能出众，政绩突出，裴行俭之后频频升迁，历任金部员外郎、户部员外郎、都官郎中。永徽六年，升任长安令。这是重要的职位，天子脚下，统管都城长安的各项事务，没有过人的能力是难以胜任的。

为官一方，裴行俭恪尽职责。此时，儿子裴光庭已经好几岁了。繁忙的政务之余，他也不忘对儿子的教育，因为自身的经历让他明白，对儿子的培养一定要从小做起，要言传身教，让儿子有切身感受。所以，平日里处理一些不太重要的公务，也会让儿子旁观，让儿子学习如何知人信人，决断时务。

麟德二年，裴行俭被任命为安西大都护。任职期间，裴行俭广施仁义，西域各部族听闻他的德名，都心甘情愿归服，没用几年就让西域平安无事了。朝廷赏识他的才干，又调回内廷，任命为司农少卿。

选贤任能，完善制度

唐朝咸亨初年，裴行俭改任吏部侍郎，除了全面负责吏部事务，还主持全国进士科考试。针对各部人数众多，人浮于事的现状，裴行俭经过调查研究，写就《新格》一文，完善了唐朝遴选朝廷各部人员的办法。具体而言《新格》内容，就是依靠“身、言、书、判”四条原则来选官。身，即身材；言，即言辞辩才；书，即书写能力；判，即思考判断。有了这四条，先前人事管理的杂乱局面，终于井然有序了。

当时，被后世誉为文坛“初唐四杰”的杨炯、王勃、卢照邻、骆宾王等四人以诗文出名。吏部官员李敬玄推崇他们，就领着裴行俭去考察这几个人的作品和才气。裴行俭省视一番，对李敬玄说：“贤士要想显达致远，首要是大器和胆识，其次才是才艺。像王勃等人，虽然才气过人，只是浮躁露骨，没有内涵，这样的人，不大可能担当大任，为官一方。当然，也有例外，比如杨炯，稳重寡言，应该能胜任一定职务。”之后，事实果然证明裴行俭慧眼识人，说得完全正确。

善于用兵，安定边疆

仪凤元年，吐蕃侵袭鄯、廓、河、芳等州。裴行俭奉命带兵出征，担任前线总指挥。由于双方兵力相当，短时间内目标未达。三年后，吐蕃赞普去世。唐高宗看到吐蕃新老交替，有可乘之机，就让裴行俭出兵。裴行俭审时度势，认为并不是最好的时机，就行文禀报皇上：“吐蕃虽然新旧交替，但现在由论钦陵掌权，大臣们都接受，上下同心，继续抵抗大唐，军力还是强大的。如果在这种时候出兵跟他们作战，不是最好的时机，还是再观察一段时间为好。”高宗听了他的意见，没有冒险出兵。

第二年，西突厥可汗阿史那匐廷都支联合李遮匐，煽动吐蕃叛乱。高宗召集群臣，商议发兵征讨这些叛军。还是吏部侍郎的裴行俭讲了自己的意见：“近年来吐蕃数度叛乱，兵火不止。咸亨年薛仁贵就大败于大非川，仪凤三年李敬玄又大败于青海，这几次大战，使得大唐军力削减，那一带的老百姓也遭了殃。这种时候，再兴兵打仗，只怕将士不会尽力，老百姓也不支持。因此，我的意见是军事高压与政治抚慰，双管齐下收服他们为好。正好波斯王驾崩，我愿意做大唐的特使前往。此行要途经西突厥、吐蕃，我一定能见机行事，兵不血刃，用计谋收服他们。”

高宗同意了裴行俭的意见，任命他为安抚大食使，出使波斯。

前些年，裴行俭任职西域时，在西北边陲威望很高。这回听说裴大人到来，当地官民纷纷出城迎接。裴行俭趁机放话出来，说当下酷热难当，准备就地休整，待秋高气爽后再上路。叛军中计，不再设防。裴行俭又召集安西都护府所辖龟兹、于田、疏勒、碎叶四镇官长，说是要去围猎。当下就有万人跟随。裴行俭利用智谋，各个击破叛军，平定边陲。

裴行俭靠大智大勇，平定边陲的威名，一时传遍朝廷。

永淳元年，西突厥再度叛乱，皇上还是派裴行俭去讨伐。此时，他已年过六十，知道自己年事已高，精力有限，再次带兵出征，估计会战死疆场，便找到两个贴心的部将苏味道、王剧交代后事："我有几个儿子，都还年幼。或许这次出征我就回不来了，不能直接培养他们了。你们两位将来如果执掌军事大权，希望你们能对我的儿子裴光庭、裴参炫、裴延林、裴庆远几兄弟多加帮扶。"两位部将含泪应允。

他又把几个儿子叫到跟前，告诫他们切莫恃仗祖上威名，活在父辈的功荫里，一定要勤学苦练，学好本事，将来才有出头之日。这一年四月，还没踏上征途，裴行俭就病故在长安家中，时年六十四岁，一代名将告别了人世，留下了令人尊敬的英名。

第十节 仁至义尽裴羽

唐朝是中国历史上继隋朝之后大一统的中原王朝，共历二十一帝，享国二百八十九年，也是闻喜裴氏家族出人才最多的时期之一，其中裴羽是比较有特点的一位。《旧五代史·后周·列传八》记载：裴羽，字用化，唐僖宗时宰相裴贽的儿子。后唐明宗时，裴羽任吏部郎中，出使福建，遇到大台风，飘至钱塘，被当地头领安重诲留下。安重诲不与朝廷友好，好几年不放裴羽回归内地，直到安重诲死去，继任者吴越重新跟朝廷和好，裴羽才回到都城长安。之后，他官职不断升迁，做过礼部侍郎、太常卿、左散骑常侍，逝世后朝廷追赠工部尚书。

关键时刻出智谋

裴羽学识深厚，父亲裴贽曾当过唐僖宗时的宰相。当时已经是唐朝晚期，王室衰微，而各地诸侯却越来越强大，擅自征伐，世道纷乱，天下多事。唐僖宗任命裴贽西征，讨伐叛敌。裴贽深谙用兵之道，巧施离间计，西域蕃王悉数归顺。捷报传到朝廷，却引起投降派大臣嫉妒，诬告裴贽与部下大将征讨是假，里通外国是真，还对僖宗说，只要传条圣旨，让裴贽杀掉部将，即可明白他是否听命于朝廷。僖宗听信这些谗言，让人传话要裴贽杀战将。裴贽只好杀了几位有功的战将，结果一时军心大乱。

裴羽正好随侍军中，知道了这事，对父亲裴贽说："父亲大人为什么要做这样危险的事情？如果确实容不下这些为你出生入死的大将，回到长安再杀掉他们也不算晚啊。现在军队远在数千里之外，没有看见一尺诏书就杀死功臣，这是动摇人心，这是招乱。"

裴贽说："我也后悔，你说该怎么办呢？"

裴羽献出一条计策，招来三四个文书吏，登上楼，撤掉梯子，伪造诏书，倒盖上都统印章，次日黎明告谕各军，先前杀战将的皇上命令是假的，这张诏书才是真的，要军士安定，不会再有乱杀战将事发生。这样，军心才稳定下来。

改朝换代，多国任职

裴贽带兵回到京城长安，因功再居高位。他深知儿子裴羽聪颖，但怕有时站错队，经常提醒裴羽："乱世之下，你一定要跟对明君，否则将来总有吃亏时候。"并举出隋末唐初本家裴虔通的例子，后世之人说是裴虔通铲除了暴君隋炀帝，可是等到李世民即位，却不认同这些弑君之人，下场并不好。他告诫儿子："做臣子的，要么忠心耿耿，要么安心做个普通百姓。"

裴羽空有一身抱负，值此离乱之际，难以施展宏图之志。等到父亲去世，也只是凭借一品大员之子身份，被朝廷荫授河南寿安县尉。如此小官，根本不是他的志向。

大唐灭亡，裴羽本意还乡养老，怎奈众人举荐，事奉后梁国，出任御史台主簿。不久，升为监察御史。没几年后梁国灭亡，裴羽改事后唐国，做吏部郎中。

后唐明宗李亶初登帝位，多次赦免天下罪人。裴羽就劝谏道："管子说过，大凡赦免这种事利小害大，时间长了就经受不了它造成的灾祸；没有赦免，则害小利大，时间长了有说不尽的好处。不能把赦免当成恩德，因为赦免了有罪之人，就是对被害之人的不公平。我朝遵循的是历朝历代的法律，要不然，以后还拿什么规章制度来整治民心呢？"

李亶知道裴羽是几朝老臣，为人处世有原则，加上他又喜欢臣子提意见，听了裴羽的话也能接受。

为官廉洁自律

裴羽掌管后唐吏部，任职多年。当朝宰相都是裴羽在任时发榜录取的，他坚持公平公正的选拔原则，不收礼，不讲关系。每次公布后，总有一些官员带着新录取的进士拜访裴羽，他的原则是不迎不送，更不收礼。

裴羽的儿子听到一些说法，也认为父亲的做法不合礼节，就问裴羽为什么这样做？裴羽说，我掌管吏部，对于一些下属官吏的求见，明白他们是要报答，肯定带有贵重物品，我要是热情迎送，那就违背了我做官的原则，我不会那样的。儿子虽然不太服气，却也一时无法反驳。

裴羽从这件事感觉到儿子应当好好转变观念，所以，时时拿祖传家训教育儿子，叮嘱他，做人要忠诚，为官一任，要尽职尽责，廉洁自律；对朋友，要仁至义尽，肝胆相照；对自己，也要忠于良知，切不可做一个伪善之人。儿子听从裴羽的教育，后来在官场同样是认真负责，廉洁奉公，政绩突出。

第十一节　知人善任裴坚

裴氏家族中，宰相众多，都能知人善任，传为佳话，其中之一的裴坚尤其突出。裴坚生活在吴越国时期。《吴越备史》记载：裴坚，字廷实，父亲裴光庭，官至中书令。裴坚幼年聪明，善于作文，长大后在吴越国任职，善于为政，条理有方，做官礼部尚书、中书令，拜吴越国丞相。五十六岁病逝。

特殊家教

裴坚出身官宦世家，曾祖父裴仁基、祖父裴行俭、父亲裴光庭，都是朝廷重臣。幼年时，裴坚就得到父亲裴光庭的良好教导，年纪轻轻就博得聪明敏捷、善于作文的美名。

尽管裴坚被人推崇，裴光庭为了不让儿子骄傲，很少表扬，反而时常当着别人面指责裴坚。有一次裴夫人又见丈夫裴光庭大声呵斥裴坚，听不下去了，站出来保护儿子，说："你这么不讲究方式方法，成天说孩子的不是，只会打击孩子的积极性。我们做父母的不是更应该多鼓励孩子吗？"

裴光庭说："你一个妇道人家，哪里懂得怎么教育孩子。"

裴夫人见丈夫一意孤行，也没再争执。倒是裴坚开始了反抗，说："父亲，难道在您眼中，我竟然差劲到如此地步，需要您天天在众人面前羞辱我吗？"

裴光庭说："你要是连我说你几句都承受不了，以为是我对你不好，将来要是有人非难你，你还不找人拼命？"

裴坚回答："那也要看他做得在理不在理。"

裴光庭说："那我问你，假设我现在要上中条山，依你看，我是用好马拉车呢，还是用老牛拉车？"

裴坚说："再笨的人也知道要用好马。"

裴光庭又问："那为什么不用老牛？"

裴坚说："道理太简单了，因为好马能够胜重任。"

裴光庭语重心长地说："儿子，你说得一点没错。为父之所以时常责骂你，也是因为你天资聪颖，值得我一再教导你。古语不是说了吗，玉不琢，不成器。将来要是碰到说你不是的人，你要感谢他。人穷其一生，能遇到几位用心雕琢璞玉的师傅啊！孔夫子说，见贤思齐，见不贤而内自省也。”

裴坚这才明白父亲的苦心，知道父亲是怕他恃才自傲，于是越发谦逊，卖力读书。

知人善任七条原则

裴光庭一心栽培儿子，怎奈身处唐朝末年，根本没有稳定的环境供人一展才能。到了五代时期，裴坚流落到江南，事奉吴越王钱镠。

一次宴会上，吴越王钱镠对裴坚说：“听说你知人善任，擅长评论各种人才，你不妨从你的本家裴羽开始，评价一下他们这些官员的优缺点，同时也和他们比较比较，你在哪些方面更有出众之处。”

裴坚明白这是皇上在考验自己，就说：“孜孜不倦地工作，一心为国，凡是知道的事都尽心尽力，在这方面我比不上当朝宰相。常常留心问题，敢于直言劝谏皇帝，这方面我比不上裴羽。文武全才，既可在外带兵打仗做将军，又可以进入朝廷搞管理，我比不上王弘倧。向皇上报告国家公务，详细明了，宣布皇上的命令，或者转达下属的汇报，能坚持做到公平公正，这方面我赶不上钱俶。处理繁杂事务，解决难题，办事井井有条，这方面我不如郭威。至于批评贪官污吏，表扬清正廉洁，嫉恶如仇，知人善任，我也有一技之长。”

钱镠又问：“知人用人有没有什么判断标准呢？”

裴坚思考一番，答道：“当然有。第一，要考察他对是非问题的判断，由此看他是否胸怀大志。第二，用尖锐的问题诘难他，看他能否做到随机应变。第三，咨询一些专业问题，看他的对策，可以考察他有没有知识经验，具不具备分析和解决问题的能力。第四，看他醉酒后的反应。第五，看他能否经得住财富诱惑。第六，看他在祸难面前有没有知难而进的勇气。第七，托付他办事，看看他的信用如何。”

吴越王钱镠听得高兴，直说有此七条，不怕选不出贤能的人。在座大臣更是频频颔首，赞叹裴坚的观点。

良方救国

当时，为保护杭州城，吴越王钱镠修筑海堤，一时赋税繁重。裴坚劝谏吴越王：“宋人在北边虎视眈眈，您若不爱惜您的子民，人们活不下去的时候，只怕要勾结宋人，造吴越王朝的反。”

吴越王说：“修筑海堤，保护杭州城也是必要的呀，该怎么办呢？”

裴坚说：“这样的事应该交给户部尚书去办。我们吴越盛产海盐，只要打通宋朝的关口，运到北方去，不愁没有银两。有了这些收入，就不必从民间征收过重的税款，老百姓也就不会造反了。”

吴越王听了裴坚的意见，把盐税的权力全部下放给户部。吴越国的海盐、丝绸远销北方，收入大增，也由此带动了吴越国的经济活力，减少了税赋，民众富裕，一时苏杭，誉为人间天堂。裴坚也受到吴越王的重用，历任礼部尚书、中书令，拜吴越国丞相，政绩有目共睹。

第十二节　忠直能臣裴庄

宋朝裴氏族人中，比较有名气的宰相是裴庄。《宋史·裴庄传》记载：裴庄，字端己，阆州阆中人。后蜀以明经登第，入宋，历虹县尉、高陵主簿、忻州通判、工部员外郎、河东转运使、鸿胪少卿、太府卿、西京留司御史台等职。天僖二年以八十一岁高龄离世。

天性顽劣，另类教育

裴庄的曾祖父裴琛做过后唐昭州刺史，祖父裴远做过河东观察支使，父亲裴全福做过陕西户县令。少年时，裴庄淘气异常，不爱读书。父亲裴全福没少责骂他。倒是祖父裴远心疼这个孙子，反而回过头来告诫裴全福："小孩子的天性就是好玩，等他稍长几岁，自然会明白事理，哪里用得着你苦口婆心的责骂？要是他天资不够，是头笨驴，再怎么责骂，难道他就能突然开窍？"

裴全福是个孝子，老父亲的话虽然比喻得并不贴切，也没敢争执，只是问道："那您说说该怎么教育他，改掉调皮捣蛋的毛病呢？"

裴远回答道："每个人都有自己的长处，你要善于观察，要把他的长处引导出来，发扬光大。"

裴全福说："这么说，裴庄胡作非为，口不择言，我反而要鼓励他吗？"

裴远仍然坚持自己的看法："一个人敢于说真话，敢于和僵化的权威挑战，不也是一件好事吗？"

至于怎么教育，裴全福开始也没有想出个好办法，他就注意观察儿子的言行。不久，他发现裴庄对各种兵法有兴趣，又爱钻研易经八卦，于是，便延请这方面的老师教育儿子。裴庄却是天性不安分，耐不住寂寞，刚学了些兵法，便呼朋唤友，想着把书上的东西转换为实战。裴全福明知儿子搞的全是"小儿科"，也不过多干涉。倒是裴庄在朋友中如鱼得水，年纪轻轻，身边就聚拢了一群哥们儿，日日以习武、嬉戏为乐。

裴全福见儿子如此，免不了还是担心，就问父亲该如何办。

裴远还是认为不能过于强求，说：“你年轻时候不也是这么过来的吗？到了这个年纪就得往外跑，成天窝在家里，一个人也不结识，就是读了几页古书，又有什么意义？再说了，是时候给他娶妻了。有了妻子，有了儿子，他的心性就会收束住，知道什么是为人夫为人父的责任和义务了。”

事情果真如裴远料定的那样，平日里那么疯玩的裴庄，等到结了婚，有了孩子，完全变了一个人，开始用功学习了。虽然经书读得并不好，却由于聪明过人，参加了后蜀的明经科考试，一举登第。

忠于职守，正直为官

乾德三年，北宋灭后蜀，裴庄归顺宋朝。先后任虹县县尉，高陵县主簿。任职期间，裴庄坚持职守，办事公道，获得许多人称赞。不久，又调往山西忻州，代理录事参军。因为管理粮草出色，又改任辽州判官。

雍熙三年，北宋大军巡守边防，朝廷委任裴庄掌管随军粮草。朝廷主管这项事务的内阁省长官杨守一赞赏他出色业绩，向朝廷举荐，裴庄擢拔为大理寺丞。

几年后，契丹人掳掠北宋的赵州、深州等地，宋太宗赵炅召见裴庄，询问边防事务。裴庄讲了边境地区双方力量对比，北宋大军能够控制局势，契丹人只是小打小闹，不必大动干戈。况且，中原人民安居乐业，休养生息多年，没有人再愿意看到战火重燃，契丹也没有打仗的意愿，还是采取措施，和解为好。宋太宗听了，感到裴庄分析得有道理，没有派军队跟契丹开战，减少了民众的负担。

咸平二年，契丹休整几年，实力壮大，不断侵犯宋朝北境，这时就不能和解了。北宋朝廷任命裴庄为河北转运使，跟随大将傅潜，统率大军驻扎定州，平定契丹。这个傅潜没有什么真本事，靠的是攀附权贵当上主将的，因此，屡次与契丹交战都不能胜利。裴庄看在眼里，很是着急，于是上奏朝廷，强调傅潜没有谋略，没有勇气，恐怕会招致失败。然而，皇帝听信谗言，相信傅潜，对裴庄的建议并不采纳，反而把裴庄调离军队，让他到越州当知州。此后，傅潜战败，致其罪。远在内地做知州的裴庄，不失时机地上奏朝廷，要求严惩傅潜；同时，他还提议，应当废除横征暴敛政策，改变繁苛刑法，慎选官吏，重视农业。朝廷在事实面前，终于重新认识到裴庄的忠诚，采纳了他的意见。不久，裴庄又改任潞州、邢州等地知州。

北宋天禧二年，裴庄调入京都，任刑部判官。此时，年事已高的裴庄，不再热心官场，辞职回家养老，教育子孙去了。大儿子裴奂后来高中进士，官至屯田郎中；次子裴稷，官至虔州刺史。

天禧二年，裴庄去世，享年八十一岁。在那个年代，能够活到八十多岁，是不多见的，在裴氏家族中更少见。

第十三节　执法如山裴琏

明朝时期，裴氏家族比较有名的官员，是执法如山的裴琏。裴琏，字汝器。祖上为山西闻喜裴氏家族，出生在湖北省监利，幼年随父亲进京生活读书。曾经任剑州知州、浙江按察佥事；成祖永乐元年，调任江西御史，几年后再次被调往河南担任按察副使，因执法不阿，被谗言所误失去官职，后朝廷再次起用任广东道御史。裴琏刚正一生，不畏权贵，被明成祖誉称为“真御史”。晚年，被朝廷调回京城，任过刑部主事、工部右侍郎、刑部侍郎、翰林院编修。宣德十年病故。著有《野舟公集》。

良好的幼年教育

裴琏很小时候就从出生地湖北监利到了京城，父亲是朝廷官员，有一座四合院，这为裴琏接受正统教育创造了良好的条件。在父亲的教导下，裴琏每天捧着经书阅读或者背诵，从小就有博闻强识的天才名声。父亲也常向外人夸赞，说裴琏聪明伶俐，每日能读完一寸厚的书籍。

因为父亲在京城做官人缘不错，又懂得教书育人，所以，裴琏的家里几乎每晚都挤满了各色人等。父亲与人讨论时局，谈古论今，他就在旁边认真听，有时也发表一些看法。这样，使得他知识积累得越来越丰富，家人也对他寄予了很大希望。

然而，就在裴琏十三岁那年，父亲因病去世。临终前，父亲谆谆告诫裴琏，要他继续一心读书，做个正直的人；当然，也希望他通过科考博取功名，光宗耀祖。裴琏跪在地上，聆听父亲的嘱托，含泪点头。父亲的突然离世，重重打击了裴琏幼小的心灵。好在还有寡母的教导，他才走出阴影，一头扎进经书中。

努力总有回报

裴家本来是官宦之家，到裴琏出生，几百年以来出过许多宰相级别的人物，说起祖上的功绩，子孙们个个都倍感荣耀。但是，前人的功勋，是压力，也是动力。聪明好学的裴琏，自然不敢怠慢，父亲去世后仍然废寝忘食，持之以恒地遨游在书海里。很快，他就成了一名秀才，然后继续朝着功名进发。可惜由于时运不济，裴琏竟然在科举场上屡试不第，难以蟾宫折桂，志向远大，意气风发的裴琏变得郁郁寡欢。

关键时候，健在的祖父出来开导孙儿裴琏："科举考试都有一套自己的体系和标准，你不能太固执，一味相信经书。古话说，尽信书，不如无书也。"

裴琏问道："爷爷，按您说的，要是连考试都没有固定的标准，是不是做人也可以见风使舵不讲原则？"

爷爷耐心解释说："八股科举，要的就是你对传统文化、规则的适应能力。至于做人，你是个什么样性格的人，早就决定了。即便强求，你也不可能改变。做人还是要顺从自己的内心，不要做对不起良心的事。"

好在有父亲生前朋友的帮助，裴琏被选送到国子监深造，成了一名贡生。那段时日，裴琏依旧保持勤奋好学的冲劲，积累知识；同时，闲暇和朋友们讨论治国驭民之道，表达自己的理想。

功夫不负有心人，经过数年努力，裴琏终于中举。洪武年间，被任命为剑州知州；后来又做到浙江、江西佥事。办公之余，裴琏常到当地官学，结合自己的学习经历，为学生讲授经史类知识，希望学生们勤奋读书，上报朝廷。

廉洁奉公

洪武二十八年，明太祖朱元璋亲赐裴琏上品官服，让他深感责任重大。到了任职地方，裴琏深入民间，访贫问寒，尤其是对那些无以为生的穷人展开救济，受到老百姓的赞扬。

可能是考取数年，才获得功名，也可能是从小父母的教育，让裴琏明白，公正合理的世道何其艰难，所以，待他上任执法，总是刚正不阿，遇上有犯法的权贵来求情，他也丝毫不让步。

当时宦官专权，每逢朝会，各地官僚为了讨好他们，都会献珠宝白银。而裴琏每次进京，总是不带任何礼品。同僚们就劝他说："你虽然不献金银珍宝，攀求权贵，也应该带些土特产，送点人情，以后朝中有人给你说情。"

裴琏常说的一句名言是："我只带清风进京。"

他的这话传到宦官们的耳朵里，对裴琏意见非常大。在混浊的官场，又有几人能洁身自好！你裴琏要清高廉洁，就让你官运不亨通。结果可想而知，裴琏最终因为宦官们的诬陷，被迫离职。

永乐初年，朝廷重新起用裴琏，让他做监察御史，专门负责清查贪官。任职期间，裴琏一如既往，执法严明，刚正不阿。有一回，裴琏得知权贵汪东林欺压百姓，便上疏弹劾。汪东林本是皇帝亲信，皇帝如何听得进去裴琏的忠诚意见，不仅不采纳他的弹劾建议，反而大为震怒，当即命令逮捕裴琏。

皇上和一群大臣、亲信直接审问裴琏，把大刑伺候的裴琏押到堂前，皇上和大臣轮流训斥他。裴琏并不认罪，坚定地强调汪东林就是贪官，必须要清除，否则朝廷会动乱。

皇帝越发恼火，问他为什么都到了这个地步，还敢不认罪，还要坚持清除汪东林。

裴琏说："我要是为了求生保命，肯定不能这样做。我为国而死，虽死无憾。您是皇上，要杀掉我轻而易举。我就是到了地府也不会改变!"

满朝文武，见裴琏如此刚正不阿，颇为感动，敬佩他是真正的御史，不但口如铁，其膝、其胆、其骨，都像铁。

皇上和众大臣也被裴琏的刚正不阿所感，没有从重处理他，只是降级处理，不让他继续在京为官，发配到涪州任知州。几年后，裴琏以年纪大为由而辞官。裴琏有《野舟公集》传世。

裴氏

【第六话　传奇故事世代传】

第一节　悠然乡贤裴安祖

北魏年间，河东闻喜裴氏族中，有个聪颖过人的少年，叫裴安祖。他一生处理各种难事、怪事无数，并不热衷做官，被人们称之为悠然乡贤。裴安祖在裴氏众多官员名人中，独树一帜，美名流传。

读书才气过人

裴安祖小时候有赖床的习性，每天去私塾上学，都是被称为神驹的堂兄弟裴骏站在他家院门外，长一声短一声呼喊：“安祖，安祖，上学了！”

裴骏奶声奶气地喊，裴安祖家的柴狗也一声声地吠，时间久了，村里人都知道裴安祖是个瞌睡虫，见了面大家远远跟他打招呼，都会笑说：“安祖，你又睡过头了？”

裴安祖小大人似的，反剪着手走过去，说：“瞌睡是福，你们想睡还睡不着呢。”

每一天，裴骏呼喊裴安祖的声音都会传到村南一片竹林里。竹林里有两间茅屋，檐下站着一个人，是裴骏和裴安祖的教书先生，先生也姓裴，是本家前辈。裴先生授业经年，学生一茬一茬来了又去，去了又来，有出人头地飞黄腾达的，也有守着几亩薄田在村里度日的。裴骏裴安祖兄弟俩才思敏捷，裴骏能把《诗经·国风》倒背如流，裴安祖不喜诵读，却喜欢讲解，他经常在裴骏背诵完一首诗后，即开始逐字逐句地剖析讲解。有一次，裴骏背完，裴安祖开始讲解，他说：“雎鸠虽是鸟，却声声相和，有的君子虽迷恋淑女，却不能善始善终；呦呦鹿鸣，食野之苹，食野之蒿，食野之芩，鹿找到食物，是彼此呼应，共同分享，何况人呢？”裴安祖讲这些的时候，裴先生看到周围那么多比裴安祖年长的学生，都面面相觑，不禁为他敦厚的品格和成熟的心智而暗自点头。

裴安祖这么解释古文，生活中也是按古文说的去做的。他家中兄弟姐妹比较多，家境又不怎么好，但他总是彬彬有礼，每次吃饭从不抢先举筷，直到父母兄弟姐妹们都捧起了饭碗，他才开口吃饭。

春节是民间最隆重的节日。北魏时期的闻喜裴氏族人，年年过春节时，长辈会把子孙们聚集到祠堂里，为列祖列宗的牌位行叩首礼，礼毕，一定要诵读裴氏家训。

大人们中规中矩跟着唱和，孩子们贪玩，很少有把心思放在聆听家训上，唯有裴安祖一字一句、从头至尾跟着大人一起把家训诵读完毕。德高望重的族长就对大家说，一般人一眼望出去顶多里许，别看安祖年少，他一眼能望到天边，他有远大抱负，前途不可限量。

智慧为官

古代有规矩，已冠而字之，成人之道也。裴安祖聪明伶俐，还不到弱冠年龄，就被东雍州的州牧相中，任命为主簿。主簿即为掌管文书的佐吏。所有州衙需要起草上奏的折子，百姓击鼓鸣冤要州牧决断是非的当堂记录，都出自主簿之手。学识渊博且决事公道的裴安祖在主簿的位子上如鱼得水，游刃有余。可有一样，他还是跟小时候一样喜欢睡懒觉。州牧说，假如裴安祖能改掉嗜睡的毛病，做比我大的官职都不在话下。

东雍州北塬薛店有一对亲兄弟，老爷子过世后留下一副三齿耧车，兄弟俩都想要，由口舌之争演变成拳脚相加，随后两人的老婆娃娃都掺和进来了，闹得很厉害，官司打到州牧那里，州牧偏巧进京述职，州衙无人打理。正在酣睡中的裴安祖被吵醒，他打着哈欠把兄弟二人叫到一旁，说，记得小时候，教我的先生经常把一句“兄弟阋于墙，外御其侮”的话搁在嘴边，《周易》里边有一句“二人同心，其利断金”。今天我看到你们兄弟二人为一件农具争得面红耳赤，就差白刀子进去，红刀子出来了。我就怀疑古人说的那些话，也不一定都正确啊。我们裴家的家训里还有这么一句话“世间难得，莫如兄弟。连气分形，友恭以礼。姜被田荆，怡怡后启”。是不是我家的家训也出了问题了？

裴安祖的一席话，把兄弟俩说得哑口无言，他们互相看一眼，低着头走出州衙。第二天，裴安祖正在堂上打瞌睡，昨天走掉的那俩兄弟又回来了，他们手挽着手走上堂来，撩衣跪倒，给裴安祖磕了三个响头。老大说，听君一席话，胜读十年书，我们为了一件农具，居然把兄弟情分丢在了一边，真是不应该啊！

悠然自得的乡贤

裴安祖劝说兄弟俩息讼的事儿一时在东雍州传为美谈。有一次，他与几个当差的小吏一块喝酒，酒过三巡，其中一个掌管州衙车舆马匹的小吏说裴安祖是御风而飞九万里的鲲鹏，怎么会甘心做一只井蛙呢？

裴安祖连连摇头说，我是一只居安乐天的燕雀，哪有什么鸿鹄之志呢！庙堂高峻，我即使踮起脚尖都够不着。况且，京师博大如海，我万一去了那里，就是沧海之一粟，消失得无影无踪。京城小吏整日做些鸡毛蒜皮芝麻绿豆的小事，下半辈子就算交代了。与其如此，哪如我在州牧的衙门里做些具体事务呢？

或许是州牧觉得这个主簿懂得太多，就把裴安祖给辞了。裴安祖倒也满不在乎，整日在家中读书睡觉，日子过得很悠闲。他对朋友说，当年五柳先生辞官归隐过的就是这种生活，优哉游哉，何乐而不为呢？朋友出城去郊游，把马车都停在他家门口了，可最终是他的鼾声把朋友撵走了。

伏天，酷热难当。裴安祖袒胸露背躺在葡萄架下，做着庄周梦蝶的美梦。突然，是一只长尾野鸡从天而降，跌落在葡萄架下，尖厉的声音把裴安祖惊醒了。他看见一只凶猛的老鹰呼啸着掠地而过，差一点就把可怜的野鸡给叼走。裴安祖自幼爱惜飞蛾纱罩灯，急忙从凉席上爬起，拾起那只野鸡，看到野鸡身上并无伤缺，知道是撞晕过去了，就把它放在葡萄架下，用汤勺喂了一点水。野鸡是什么时候飞走的，再次睡着的裴安祖就不得而知了，只是梦见有人给他深深地作揖，说救命之恩，永生难忘。醒来，却见残月高悬，银光泻地，夜深了。

北魏孝文帝是个励精图治的明主，他不仅顶着压力，把京城从平城迁到洛阳，而且改鲜卑姓氏为汉姓，并参照南朝典章制度，制定了一套官制朝仪。这时，裴安祖年事已高。有一次，孝文帝巡视河东，忽然想起老臣裴骏曾经提起一个人，说河东有个叫裴安祖的贤达，有管仲乐毅治国安邦之才，就想会会他。裴安祖是在靠近黄河的蒲坂觐见孝文帝的，一君一臣在幽暗的油灯下促膝长谈，直到东方露出鱼肚白。孝文帝想授裴安祖安邑县令，裴安祖拒绝了。

裴安祖八十三岁那年，在呼噜噜的酣睡中故去。家里人看见一群羽翼华美的野鸡围着宅子转了又转，最后哀鸣着飞向稷王山，渐渐消失在稷王山的崇山峻岭里。

第二节　官海沉浮一老臣裴佗

河东闻喜裴氏族人中，北魏时代出现了许多著名的良吏、清官、武将，其中之一裴佗是非常有特点的一位，尤其是厌烦官场，返回老家后，有许多传奇故事流传下来，为人们津津乐道。

为官智慧、清廉

裴佗，字元化，出身于闻喜裴氏家族。青年时代，裴佗认真研习《春秋》《毛诗》《易经》等儒家经典，博学多才。进入官场后，曾经代理河东太守的职务，很有政绩。后来担任赵郡太守，恩威并用，把赵郡治理得很好。他还经常把自己的俸禄捐献出来，救济穷苦百姓。再后来，他调任东荆州刺史，赵郡的很多百姓都去送行，一直把他送到州界。

东荆州有田盘石、田敬宗等几个少数民族部落，大约有一万多户，凭着人多势众和险要的地形，不服从北魏朝廷的命令。好几任刺史出兵镇压，都没能把他们征服。裴佗上任后，改用安抚的政策，派了一名能说会道的使者，与田盘石、田敬宗等人谈判，要求他们归顺朝廷，以前的反叛罪行，都可以不追究了。田盘石等人了解到裴佗的政绩和人品之后，觉得这位刺史可以信任，就率众归附，成为朝廷的子民。

田盘石、田敬宗的部落，本来是东荆州地区的不稳定因素，这个问题解决之后，其他的小股盗匪也都改邪归正，成为良民，东荆州老百姓的生活，便安宁了。邻近各州的百姓，听说东荆州的治安好，纷纷迁移过来，先后迁来一千多家，东荆州地区，一片兴旺景象。

裴佗在东荆州任职几年，因病辞职回乡，不久就去世了。临终时嘱咐儿子们，丧事从简，不得收取别人的赠礼。史书称，他家的宅子只有三十步，后人推算，大概是八分之一亩，相当于八十多平方米，还不如现代城市的单元房大。也没有购置田地园林，生活来源大概只有做官的俸禄。他生活非常节俭，从来不追求物质享受。夏天不用伞盖，冬天不穿皮袄；而且，他性情刚直孤僻，不肯与俗人交朋友，来往的都是品德端方、学问渊博的大名士。他共有六个儿子，裴让之、裴诹之比较出名，孙子裴矩是隋唐之际的名臣。

喜欢吃蒸菜

裴佗晚年在离老家闻喜不远的北解县生活，都是河东地区，因此，他特别喜欢吃蒸菜。

所谓蒸菜，就是把榆钱、茼蒿、荠菜、茵陈、青扫帚、一串铃等野蔬切碎，搅拌面粉，放在笼屉里蒸熟。吃蒸菜的时候还要就一点酸菜或咸菜，泼一点辣椒油在上面，裴佗总是吃得津津有味。儿子裴诹之问他，这叫什么菜？他用筷子指着蒸菜和酸菜说："油浇辣子上等菜。"裴佗的饮食习惯是闻喜的一种吃法。他对六个儿子经常讲，他们的祖籍不是现在的北解县，而是东北方向的闻喜。当然，他也喜欢吃北解县的羊肉泡馍。

裴佗一生做官，走过许多地方，虽然经常以"勤能补拙，俭以养廉；丰家裕国，莫乃为先"的家训教化自己，却也免不了入乡随俗，品尝过许多地方的美食。但无论走到哪里，总是觉得不如蒸菜开胃，而且念念不忘北解县的羊肉泡馍，还有车盘油糕、扯面和绿豆饼。裴佗倒不是嘴馋，也不是天生就是个美食家，而是喜欢那种根植于骨子里的祖先尝惯的味道，醇厚芬芳。

俭朴度晚年

裴佗老了，经常气喘，两条腿也不听使唤，他习惯在独居的小院里晒太阳。院子太小，东墙到西墙三十步，北房檐到南墙不到三十步，所以他让人把院墙砌得很低。街上有人路过，一抬头就看见房檐下呼哧呼哧咳喘的裴佗了。邻居说："院墙矮，怕招贼人惦记。"裴佗笑着说："贼是惦记钱财的，我又没什么积蓄，每年领取的那点俸禄，除了家里的花销，补贴亲朋好友，就所剩无几了，还怕招贼惦记吗?"

裴佗躺在一张竹床上，眯缝着一双老眼，透过太阳炫目的光线，回首眺望他的前半生。他看见自己在郡国学校里跟着博士学《礼经》，学《左传》，学《老子》，学《庄子》。笔走蔡侯，书声琅琅。而他最喜欢读的是《春秋》《左传》《毛诗》和《周易》。别的学生只是随先生人云亦云，囫囵吞枣，念是念会了，有的背得滚瓜烂熟，一旦要他们说文解字，就露怯了，如坠云里雾中。只有少年裴佗能把文章的段落要义，中心思想，丁是丁卯是卯地讲出来，并能以其为圭臬，写出一篇臻于精妙，文采斐然，谋篇布局极具匠心的文章来，其题旨、遣词、韵律，与他的年龄极不相符。先生总要拿他的文章当范文来读，说，元化（裴佗字元化）有宋玉子建之才，假以时日，必成大器。

其时，朝廷盛行九品官人法，也就是九品中正制。中正官依据学生家世名望和个人行状，然后确定品第。裴佗的父亲虽远在化外之地的惠州做刺史别驾，但毕竟是官宦人家，加以裴佗才华过人，被中正官以“天材英博、亮拔不群”为总评，确定为上中品秀才，受封国子学的中书博士。

那时的京都洛阳，一派繁华景象。在国子学里，学生多是富家子弟，锦衣华服，言谈高雅，他们的父母更是褒衣博带，大冠高履，出则车舆，入则扶侍，可以说举目尽是“上品无寒门”的贵族。裴佗置身其间，对仕途之道的个中三昧也了然于胸。

几十年后，裴佗进入暮年，膝下有六子，儿子们有的在朝为官，有的治学乡里，他们都继承了父亲的睿智和品德，在各自的事业上发展得风生水起。裴佗每次在祖宗灵前上香时，都会感念裴氏先祖的厚德。

裴佗躺在竹榻上似睡非睡，恍惚间，看到自己离开了风声雨声读书声声声入耳的国子学，威风凛凛地做了司徒参军，日日铁马轻骑，弯刀在手，甚至有了弃笔从戎，身死寇场的万丈豪情；时而又从司徒府转投司空府，做了执掌章表书记文檄等文案工作的记室；时而又有门公送来拜帖，说是扬州任城王元澄开府仓曹缺个得心应手的参军，想要他去赴任；还没等他把仓曹参军的位子焐热，孝文帝的圣旨到了，朝廷听说了他的才干，把他调入朝中，任尚书仓部郎中，兼理河东郡事，然后是尚书考功郎中、河东邑中正……那些年啊，裴佗像一盘不停旋转的水磨，不知疲倦地工作，克己奉公，兢兢业业，唯恐什么地方做错。他所供职过的司徒、司空、尚书等机构，从上到下都对裴佗夸赞不已。宣武帝元恪继位后，特别器重他，钦点他为员外散骑常侍，同时保留了中正一职。

清廉在官场

裴佗的父亲裴景在告老还乡后很少跟乡人谈及他在惠州做官的经历，反倒时常把裴佗的名字挂在嘴边，说几个儿子里，首数裴佗出息。现在的裴佗啊，是皇上身边的红人，入则规谏过失，出则骑马陪王伴驾左右，裴佗能有今天的成就，都是仰仗祖上的阴德啊，所以要贻谋燕翼，勿忘祖恩。裴佗是听不到父亲这些溢美之词的，除了侍奉皇帝外，他还有太多的事情要做，宣武帝已经提拔他为司州治中，可是问题来了。

司州治中虽是司州下边的一个文职，但掌管的却是京师洛阳之地的众曹文书，在一般官员看来，那一定是个肥缺。加之又没有人替裴佗在朝中说话，一些针对他的流言蜚语甚嚣尘上，对裴佗非常不利。司州有一次上早朝，见负责监察百官的御史向宣武帝上奏弹劾一个人，这个人不是别人，正是他手下的治中裴佗。司州说："木秀于林，风必摧之，此话不假呀，裴佗纵然不算是一个完人，也总不算是一个昏官吧？以前我不清楚他的为人，但自从他做了治中之后，我觉得裴佗做事是一个很讲规矩的人，他所撰写的文书从未出过差错，御史大人如果是弹劾别人，我也就不言语了，至于裴佗，我以为应该嘉奖才对。"御史手执玉笏说："我与裴佗素无瓜葛，为什么要冤枉他。我是听了大家私底下的议论才禀奏皇上的。"

裴佗在竹榻上恍恍惚惚看见金銮殿上的宣武帝和颜悦色地对他说，裴爱卿，根深不怕风摇动，身正不怕影子歪，你做员外散骑常侍那阵儿，朕就对你一百个放心。阳光西斜了，西斜的阳光朗照在裴佗身上，裴佗觉得自己一点都不歪，歪掉的是某些人的良心。就比方他后来任赵郡太守期间，整肃吏治的做法惹急了地方上的贪官污吏，这些人又联名上本参劾他，宣武帝均置之不理。而到他转任前将军、东荆州刺史的前夕，赵郡的百姓做了一件令他终生难忘的事情。那是一个赤日炎炎的夏日正午，当裴佗牵着一匹骡子，驮着他简易的行李走出刺史府时，却被眼前的景象惊呆了，赵郡最宽阔的那条砖砌的大街上，黑压压站满了人，人们脸上淌着汗，脸上挂着笑，手里捧着酒具，见他出来，齐声高呼裴青天慢走！再比方，他后来赴任的东荆州境内强人林立，占山为王为寇的数不胜数，他的前任几乎都栽在治安政绩上头了，而他不费一卒一马，仅派了一个能够晓以利害的说客，就使多少绿林豪杰接受了诏安，曾经动荡不安的东荆州变得河清海晏，一派升平。

孝庄帝永安二年，裴佗在竹榻上过完了自己一生当中的最后一天。那时，夕阳西下，倦鸟归林，北解县的乡村笼罩在一片袅袅炊烟里，从很远的地方隐约飘来蒸菜的馨香，只是裴佗再也闻不到了。

第三节　俭以养廉好做官的裴文举

南北朝时期的裴文举，字道裕，河东闻喜裴氏族人。祖父裴秀业，曾任魏国中散大夫、天水郡守，追赠平州刺史。父亲裴邃，为人方正严肃，为州里所推重，历任参军、辅国将军、云骑将军、大匠卿等，谥号“烈”。裴文举继承祖父、父亲的为官之路，一生兢兢业业，清正廉洁，最后担任了司宪中大夫，晋封公爵，食邑一千户。武帝宣政元年，在南青州刺史任上去世。

进入相府铺垫路子

裴文举少年时，就知道西魏文帝元宝炬是个傀儡，真正执掌朝权的是丞相宇文泰。但这些关乎国运的大事，不是少年裴文举需要关注的，那时候他孜孜以求的是努力做好学问，在一个恰当的时候平步青云，在政坛上发挥他的特长，为国尽忠。这个机会，不知不觉就来了。

宇文泰是西魏无出其右的巨擘，他的儿子们在父亲壮硕羽翼的庇护下，过的都是人上人的日子，所以属下们要给宇文泰的这几位公子哥选聘幕僚，才子裴文举就是这个时候走进丞相府的。

元宝炬的皇宫未必有后世的紫禁城那样殿宇连云，富丽无比，但宇文泰的丞相府必定是朱门大院，高屋广厦，铺花缀锦，富可敌国了。裴文举的父亲裴邃曾做过正平郡守，家境也不错，可在丞相府的所见所闻还是让他大开眼界。

身为幕僚，裴文举除了“陪太子读书”外，就剩下陪公子哥出游打猎了，过的当然是那种“左牵黄，右擎苍，锦帽貂裘，千骑卷平冈”，或“草枯鹰眼疾，雪尽马蹄轻”的洒脱日子。可惜这不是裴文举想要的，别看他年纪轻轻，却饱读诗书，广涉经史，在入府之前已是丞相府墨曹参军。好在随遇而安的天性让裴文举和宇文家族的公子们关系相当融洽。这几位公子哥儿，宇文毓是后来的明帝，宇文震是后来的宋献公，宇文觉是后来的孝闵帝，宇文邕是后来的武帝，还有宇文宪、宇文直、宇文招等等，在他们还没有成为帝王之前，与才子裴文举就已经称兄道弟，义结金兰，好得就差穿一条裤子了。可裴文举胸藏大志，丞相府恬淡的幕僚生活只能平添一种焦虑。

京城长安西南是号称九州之险的太乙山，又称终南山。山上有太乙真人炼丹留下的八卦炉，还有太乙真人打铁淬火的仰天池。在丞相府看到的太乙山烟笼雾锁，变幻莫测，南风吹来，甚至能够听到采药人悠扬的歌唱：“太乙山，遍地宝，有病不用愁，上山扯把草。”每望到太乙山，每听到采药人的歌唱，裴文举浮躁的心就会沉静下来。

到了西魏最后一任皇帝也就是恭帝拓跋廓的时候，裴文举被朝廷赐姓贺兰氏。而裴文举在丞相府积累的广泛人脉，也为他日后简正清廉的官场生涯铺就了道路。

廉洁自律做官

宇文觉是宇文泰的三子，也是北周的开国皇帝，他在堂兄宇文护的扶持下仓促登基，又在一个月后被堂兄篡杀。武帝宇文邕，经过十二年的韬光养晦才得以诛杀宇文护。北周朝廷在血雨腥风中前行，而那些类似裴文举一样的文臣武将只能在各自的官位上尽职尽责。

齐国公宇文宪十分器重裴文举，在他前往蜀地任职时，就把裴文举带去，封为益州总管府中郎，后又加封为使持节、车骑大将军、仪同三司，掌有生杀大权。其时，益州境内，沃野千里，六畜兴旺，市井喧哗，商贾渔利颇丰，就连益州的空气里都蕴含了富庶的味道。像裴文举这样大权在握的官职，在蜀地是屈指可数的。他的下属每次去拜访他，都会觉得他的府邸太过寒碜了，空荡荡的屋子里，仅一桌一床而已。下属便说："以往益州的父母官，赴任时单人匹马，离任之时，大包小包，车马盈巷，也未见得有贪名上达朝廷的；裴大人一心为公的同时，也该替自己的日后想想。其实大人只需一句话，什么都有了。"

裴文举指着墙上一幅字说："我们裴氏祖先有言在先，凡裴氏子弟，勤能补拙，俭以养廉。我身为朝廷命官，怎么会去做贪赃枉法的事。虽说没人讨厌钱财，可相较于名节，钱财毕竟是身外之物，在王道面前，只有名节是至关重要的。"

这件事传到宇文宪耳中，就把裴文举叫去，问他家里有什么困难，但说无妨。裴文举说："古人说得好，大丈夫处世，当扫除天下，安事一室乎？我连自己家的困难都解决不了，还怎么替益州黎民百姓服务啊？"

宇文宪拍着他的肩膀说："你是我最信得过的朋友。"

像父亲一样清廉

数年后，裴文举从蜀地回到中原，调任绛州刺史。初到绛州，就觉得此地似曾相识。他脱掉官服，在绛州随处走动，看到有乡民聚集的地方就凑过去，想听大家聊些什么。乡民们除了谈些庄稼收成儿女婚嫁之类的事情，更多的是谈及新上任的刺史老爷。有人就说，这个刺史老爷不知是不是贪官啊，估计再没有像裴邃郡守那样爱民如子的好官了，每年春巡，裴大人就用一辆车子上路，跟班儿的也能少则少……

听到这些议论，裴文举宛如被雷电击中一样，裴邃不是别人，正是他死去多年的父亲，现在他才明白过来，父亲当年也在这个地方做过正平郡守，并留下了廉约自守的好名声，以至于过了这么多年，老百姓提起来都还念他的好。

裴文举在绛州任职三年，就像他父亲一样被老百姓称赞为好官。

总管韦孝宽是员身经百战的武将，与裴文举特别投缘，经常登门拜访他。二人均好读经史，纵论天下大事，他们的见解又惊人地相似。那个年代，人们习惯席地而坐，屁股下垫一个扁平的蒲团。韦孝宽每逢知己，总是觉得相互之间的距离太远，一边说话，一边往对方跟前移动，说着说着，韦孝宽就与裴文举的蒲团挨在一起了。裴文举用指头点了点他们坐着的蒲团，二人不禁哈哈大笑。这段佳话一直流传在闻喜一带。

第四节 心如晋水清的裴宽

唐朝是中国历史上最强大的王朝之一，也是闻喜裴氏族人出文官、武将、文人最多的时期之一。裴宽就以廉明清正、刚直不阿、执法如山而名垂青史。

史书上记载，裴宽生性通敏，工于骑射，尤为文辞。刚入官场，初任润州（今江苏镇江）参军时，有人送鹿肉给他，怕他不收，悄悄放下肉就走了。裴宽看到后无法退礼，便把鹿肉埋在后花园里。刺史韦诜知道此事后，非常叹服，聘裴宽为按察判官，并许女为妻。裴宽在官场上声望很高，做到了刑部员外郎，朝野上下都猜测他一定会入阁拜相的，但他刚直不阿的性格，不知不觉中得罪了宰相李林甫。李林甫是个工于心计的人，他挑唆裴敦复花五百金贿赂受唐玄宗宠幸的虢国夫人，向唐玄宗进谗言，裴宽由此被贬为睢阳太守。天宝十四年一代贤臣裴宽去世，享年七十五岁。

不徇私情，依法惩恶

中国古代有一条刑法叫“收孥相坐律”。大约在秦朝就有了雏形，到了汉文帝时期基本确定下来了。高丽人王毛仲就是被这条刑法剥夺了自由的权利，很小就被没入官府为奴。幸运的是，王毛仲的主人是临淄王李隆基。李隆基很喜欢这个性识明悟、骁勇善射的小孩儿，并把他逐步培养成统领万骑的龙武将军。在李隆基通往大明宫的路上，王毛仲始终是他忠实的死党，诛杀韦后，剿灭太平公主及其余党，王毛仲均立下汗马功劳。李隆基登基后授予他左武卫大将军，进封霍国公，后又加开府仪同三司。位极人臣的王毛仲怎么也没想到，他的权威有一天被一个叫裴宽的刑部员外郎藐视了。

王毛仲是带着一份厚礼找到裴宽的。依他的身份是不需要这么低声下气，可为了保全部属马崇的性命，他什么都不顾及了。

王毛仲是个体恤下属的仗义之人，在他看来，为朋友两肋插刀挺正常。他求裴宽办一件事，就是放了万骑将军马崇。细说起来，这个马崇也不是什么好人，仗着自己手握兵权，天王老子都不放在眼里，因为一件鸡毛蒜皮的小事，竟在人来人往的长安城朱雀大街上光明正大地杀了一个人，他把刀上的血还在那人衣服上揩了揩。被杀人的家属呼天抢地，用独轮车推着尸体去刑部打官司，要求严惩凶手。

杀人当然要偿命，所谓刑不上大夫并不是什么时候都行得通，在裴宽这里就行不通。他已经把秋决马崇的意见上报了朝廷。这时候，王毛仲坐着官轿来府上拜访他了。

裴宽笑眯眯地接待了霍国公。他说："鄙职和国公爷都是效忠当今圣上的臣子，国家所定的律法谁都要遵守，如果马将军犯的是谋而未行之罪，下官倒可以替他开脱，可他犯的是谋而已杀之罪，下官纵有天大的胆子也不敢包庇他，说九说十，马将军是咎由自取啊。"王毛仲不听这个，只是命人把带来的礼物给裴宽放下。裴宽却像踩了蛇一样尖叫起来，说万万使不得，国公爷是要我裴宽的命呀。就这样，王毛仲在裴宽的一惊一乍中碰了一鼻子灰，又带着那份礼物骂骂咧咧回到国公府。

王毛仲很生气，从来没有人敢这么不给他面子，裴宽是第一个。但他身边一个参军对他说，国公爷有所不知，这个裴宽可是有故事的人，您给他送礼，真的是要他的命哩。参军给王毛仲讲了个故事，说还是在先王睿宗年间，裴宽做润州参军事，有个下属听说他喜欢吃鹿肉，就悄悄把鹿肉送到裴宽家中。裴宽不知道是谁送的，就把鹿肉埋在自家园圃里了。偏偏他埋鹿肉的过程被隔壁刺史韦诜的千金小姐在绣楼上看见了，告诉了韦诜。韦诜就把裴宽找了去，问他埋的是什么。裴宽就把埋鹿肉的事说了，韦诜便说，我早知道你们裴家世代谨身节用，廉洁自律，但没想到这种洁身自好的人就在我的身边。韦诜就做主把自己的宝贝女儿嫁给了裴宽。参军对王毛仲最后说，国公爷当初就不该去求裴宽，他是个认死理的人。

王毛仲冷哼一声，说不识抬举。嘴上这么说，心里也这么想，总觉得是裴宽把他的面子给驳了，让他堂堂的霍国公下不来台，不就是个小小的刑部员外郎吗！

心胸豁达的裴宽并没有把这件事放在心上，新的调令下来了，朝廷任命他为户部侍郎。当然，这个官不是白给的，有一件顶要紧的事要他执手去操办。

清廉为官，体恤民情

开元二十一年夏天的关中，不停地降雨，偶尔歇一歇，天上也布满红彤彤的云彩，接着天色暗淡下来，雨又来了。阴雨连绵一月不止，就连大户人家的大瓦房都变成了水帘洞，更不用说泡在洪水里的黍谷稻麦了。久雨初晴，关中百姓第一件事不是跑出屋来晒太阳，而是从泥浆里寻找可以果腹的食物。

为了应对饥荒，朝廷开始酝酿东迁洛阳的计划。当时的京兆尹裴耀卿给唐玄宗出主意，迁都之事非同小可，移驾洛阳实不可取，不如把司农从江南征筹的粮食集中于洛阳，然后由那里转运到关中，只要关中经常保持数年之储，就可高枕无忧了。唐玄宗觉得裴耀卿这个建议不错，就让他兼任江淮转运使，主持漕运。裴耀卿想找个得力助手，自然想到了裴宽，并推荐裴宽为户部侍郎，协助办理漕运。

裴宽成为具体督办漕运事务的主管，而且把转运粮食的调度工作安排得井井有条。粮食都是花钱从江南的老百姓手中购买来的，朝廷也不能空手套白狼，每天经裴宽手里进出的钱财数以万贯计，却从未出过一分一厘的差错。裴耀卿后来经常跟人提起裴宽，说这个裴宽哪，你就是把金山银山摆在他眼前，他都不会动心的。

第二年，裴宽因政绩突出调任蒲州刺史。谁都知道蒲州是个好地方，因得益于黄、汾二河天然的滋养，并筑有水利工程，往年的蒲州，涝疏旱溉，水旱从人。但开元二十二年的旱灾，直接威胁到蒲州百姓的生存。裴宽赴任途中，见到许多外出逃荒的流民，心里很不是滋味。也是天佑善人，当他的官轿刚踏上蒲州地界，久违的大雨倾盆而下，干涸的农田顷刻间笼罩在滂沱的雨幕里了。《旧唐书》载，裴宽出任蒲州刺史"州境久旱，蒲州刺史入境，雨乃大浃"。于是，蒲州百姓称裴宽为及时雨。

裴宽的父亲叫裴元晦，曾做过袁州刺史。从小裴宽受父亲影响，懂得体恤民情是为官之根本，他来到蒲州，一改过去逢迎权贵的惯例，一头扎进饱受旱魃之苦的民间，赈济灾民，开仓放粮，对一些鱼肉百姓，发昧心财的贪官豪强，该杀的杀，该抓的抓，绝不手软。仅仅一年，蒲州凋敝的民生得以改观。裴宽对治下的黎民百姓，可谓用心良苦。几年后，裴宽被任命为太原尹兼北都留守。唐玄宗破例赐予他紫金鱼袋，并称赞他是“德比代云布，心如晋水清”。

由于皇上看重裴宽的才华，没几年就提升他担任户部尚书兼御史大夫。上任不久，刑部尚书，也是裴氏族人的大将裴敦复，从东南沿海回来了，他是去讨伐海贼的，却被海贼打得人仰马翻，兵马损失过半。打了败仗的裴敦复想给自己找个台阶下，他要裴宽向皇上禀明他的劳苦功高，不是他打不过海贼，而是海贼太厉害了；如果换个人去讨伐，指不定会全军覆没呢。裴宽皱着眉头说，打了败仗就是打了败仗，你总不能让我给你在皇上面前请功吧？你我虽为族人，但我不能昧着良心奏明圣上说你旗开得胜吧？由此可见，裴宽是个决不徇情枉法的好官。

第五节 视民为父母的裴怀古

唐朝裴氏族人中出了一位做官视民众为父母的裴怀古，他有不少传奇故事流传下来。唐高宗仪凤二年，朝廷选举贤良，年轻的裴怀古上书言政，被唐高宗授为同州下邽县主簿，不久迁授济州录事参军。三年后调选授雍州栎阳县尉，任满转任洛州来庭县主簿，之后一路升为监察御史、殿中侍御史、内供奉。到武则天时期，裴怀古几次立功，被提升任潭州都督、相州刺史，征拜为右羽林将军，封闻喜县开国公。景云元年，裴怀古任汝州刺史，不久转任并州大都督长史，进封河东郡开国公。相传裴怀古所到之处深受官民爱戴。朝廷召回他任右羽林军大将军，不久还兼任并州长史。他到并州上任，官民听闻，老幼相携，至郊野欢迎。他不想让当地官员难堪，就派人驱逐出迎之人，可是来的人却更多了，可见他受百姓爱戴之深。延和元年，裴怀古回京任左威卫大将军。八月，唐玄宗即位，三个月后，裴怀古在长安去世，终年七十五。

做官就要当个好官

裴怀古做的第一个官是他自己争取来的。唐高宗李治选贤任能时候，裴怀古竟然敢于跑到宫门口呈了一道奏疏。奏疏上说了些什么并不重要，重要的是，高宗赏识他敢于给朝廷提意见的勇气，就封了他一个官——下邽主簿。主簿不算什么有品位的官，只是替正儿八经的官管理档案文书之类的佐吏。在这个位子上，裴怀古其实没做出什么特殊贡献来。

永淳二年冬天，高宗驾崩，武则天上位，建立了武周朝。好多习惯了“忠臣之事君”的李唐朝臣，都不肯受封于武皇，待遇只能是被诛杀。裴怀古没有这种愚忠的想法，他认为，只要做好自己分内的工作，伦理秩然，家国亲仁，就是一个好官。

想做事的官，难免有棘手的差事找上门来。云南姚安那个地方过去称姚州，四川冕宁等地过去称巂州，两个地方在天授年间都有人聚众造反。消息传到朝廷，武周皇帝就委派裴怀古前去招安乱民。既是招安，显然与镇压有着天壤之别，别看武皇对不听话的朝臣尽可以用那种“突地吼”“见即承”“铁圈笼头”等酷刑杀一儆百，但对民间的“乱民”，还是比较宽容的。裴怀古与武皇的策略不谋而合。

他不顾舟车劳顿，到了姚州地界就开始微服私访，扮成一个买卖人，这里走走，那里看看，哪里人多就往哪里凑。造反是件大事，弄不好就会诛灭九族，街谈巷议差不多都会涉及这件事。走的地方多了，裴怀古见识到的人也就多了，三教九流都有，有的甚至就是乱民家属。他们说官逼民反，也是万不得已；又说一日下水，终身是贼。言谈间，多有对亲人的前程担忧。裴怀古得出一个结论，这次暴乱，是被一些不良的贪官逼出来的，也是被一些别有用心之人蛊惑起来的，大多数参与暴乱的民众并没有十分明确的诉求。裴怀古就命令下属在姚、巂二州广贴告示，投降的赏，且既往不咎；拒不投降的杀，诛杀九族。

告示像长了翅膀一样在当地广为传播，许多穿着蛮夷服装的男子成群结队走在通往州府的路上，他们看到有人已经笑呵呵地从州城出来了，脸上的笑说明他们领到了赏金，那些还走在路上的人，就不自觉地加快了脚步，知道朝廷派下来的这个裴大人是个说到做到的官。有投降的，必然也有拒不投降的。裴怀古带来两把宝剑，一把叫怀柔，一把叫捕杀。怀柔是针对前者，捕杀是针对后者。他把作乱的主犯捕获后，缚上囚车，前面是铜锣开道，后面是刀斧手压阵，从姚州，游街示众到巂州，地方上的暴乱很快平息了。

老百姓也不喜欢打家劫舍，社会动荡，如果不是裴怀古快刀斩乱麻收拾局面，他们这里还乱着呢。大家一合计，给裴大人立个碑吧。一通功德碑在裴怀古还没有离开姚州的时候，就被百姓立在了州城边。武皇是个赏罚分明的皇帝，她看到裴怀古尽心尽责地为武周江山卖力，就加封他为监察御史。

善于调查研究的清官

监察御史不算个大官，按品级排序，只是正八品下，但它权限很广，“分察百僚，巡按郡县，纠视刑狱，肃整朝仪”，所以裴怀古的工作很杂。有一天，大理寺接到一封举报信，是恒州鹿泉寺一个和尚写的，举报寺内的方丈净满，用弓箭射击一幅女子图，影射武皇，而那幅女子图就藏在净满装经书的经筒里。案件非同小可，甚至惊动了武皇。

裴怀古接受了这桩案子后觉得此案扑朔迷离。首先，上书的折子上没有署名，连当事人都不好找；其次是佛教自入土中原以来，基于自身信仰，很少听说佛教徒会与朝廷为敌的，这个净满既可以做一寺之方丈，说明这人脑子还算清醒，自然做不出鸡蛋碰石头的蠢事；三是佛门乃方外之地，出家人讲究六根清净，怎么会有六根不净之人举报他们的掌门人呢？裴怀古去了鹿泉寺，勘察了几日，寺院里的和尚沙弥一个个都盘问过了，只有其中一个执事说不敢肯定方丈用箭射击女子图。而裴怀古又听其他和尚说这个执事因贪污寺院里的香火钱，前些日子被方丈训了一顿，还面壁思过了三日。裴怀古心里大致有了底，这才依照举报人所言，在藏经阁里找到一个经筒，打开经筒，一幅画赫然摆在经卷之上。画里并不像折子里所说是单纯一幅女子图，而是一个和尚在用弓箭射击一幅画的图。裴怀古不禁哑然失笑，栽赃方丈的这个和尚脑子怕给驴踢了，举报内容与实际明显不符呀。

裴怀古没有对净满一杀了之，而是带着那幅画回到京城面见武皇。武皇问他杀了没有，他说没杀。武皇追问怎么没杀，他说人家没罪怎么要杀。武皇说你连画幅都带回来了，怎么说没罪。裴怀古就一五一十给武皇讲他的道理，武皇也就相信他了。

裴怀古做官做得好辛苦，平时既要监察百官，又要受理案件，国家遇到外交上的大事也要他出面料理。有一次陪同淮阳王武延秀前往突厥和亲，因突厥首领反目，险些回不了中原。他宁死不降的气节打动了武皇，向他授官祠部员外郎。裴怀古官做到相州刺史、并州大都督府长史后，当地百姓十分拥戴他，扶老携幼，夹道欢迎，这是因为他做官，总是把老百姓视为父母，给别的官员树立了好的榜样。

第六节　颠沛流离，大难不死的裴伷先

中国历史上唯一的女皇帝武则天，既创造了盛唐的辉煌，也因太有个性，做了许多常人难以接受的事情。生活在武则天时代的裴氏族人，有风光得意的，也有屡遭劫难的，其中裴伷先就是屡遭劫难的。裴伷先就是闻喜裴柏村人，唐代宰相裴炎的侄子。还不到十八岁就因为成绩突出，担任太仆丞。不久，当裴炎被斩

后，他连坐发配到岭南。又过了许多年，武则天退位，太子李显重新当上皇帝，平反了裴炎、裴伷先冤案。以后的裴伷先官位一路走高，最后在工部尚书兼东都留守的位子上寿终正寝，享年八十六岁。

挺身而出讨公道

武则天统治时期，总是做一些超出常理的事情，比方高宗驾崩，中宗继位，她敢冒天下之大不韪废黜了中宗；然后公然自任皇帝，改唐朝为周朝。持不同政见的官吏，多数人被杀头。裴伷先的叔父、因定策之功而封为河东县侯的中书令裴炎，出于公心，苦苦规谏武则天还政于睿宗，女皇大怒，下令把裴炎斩杀在洛阳都亭。斩了裴炎，就有散落在朝堂内外的耳目告诉武皇上，有人到处宣传裴炎无罪。武则天觉得不可思议，还真有不怕死的，就想见识一下这个散布流言的究竟是何许人也。很快，手下人就抓到了散布流言的人，居然是裴炎的侄子，名叫裴伷先，官位是太仆寺丞。

十七岁做了太仆寺丞，毫无疑问，裴伷先是个绝顶聪明的人。但再聪明，也免不了头脑发热，做一些一般人都很难做出来的傻事，竟然要跟不可一世的女皇对抗，他要为自己的伯父裴炎的惨死鸣冤叫屈。他迈上大明宫的汉白玉台阶的时候，心里唱着一支古歌：风萧萧兮江水寒，壮士一去兮不复还……他把自己想象成慷慨赴死的荆轲了。

武则天是在宣政殿召见裴伷先的，一个是中国历史上唯一正统的女皇帝，一个是初生牛犊不怕虎的裴伷先，两个人在宣政殿内进行了一场别开生面的对话，以至于一个名叫牛肃的唐代小说家，尽可能逼真地把他们之间的对话进行了复原。

武则天先声夺人质问裴伷先："你伯父谋反，触犯了国家的法律，你是他侄子，我没有连坐你就算待你不错了，你还要替你伯父申冤对抗朝廷吗？"

裴伷先心平气和地说："我是一心为陛下着想，哪敢诉说冤屈？陛下是先帝的皇后，李家的媳妇。先帝下世，陛下执掌朝政，这不是妇道人家该做的事啊。"

接下去，裴伷先的话锋愈加变得尖锐起来，像刀枪，像匕首，直戳武则天的心窝，他说你这个有悖人伦的妇人啊，先帝尸骨未寒，你就敢自称皇帝，你这么做，会让海内愤惋，苍生失望啊。我的伯父裴炎是李唐社稷的大忠臣，你却容不下他，杀了他也罢了，你还要斩草除根，陛下你把心机都用在对付良臣上了，我都不知该怎么说你好了，我希望陛下能够光复李唐社稷，迎太子登基。如能够采纳我的意见，亡羊补牢，为时未晚。后面那句话，裴伷先接连说了三次，已经有了勒令的味道。

那天的天气很好，宣政殿外秋阳高炽，武则天本来心情也像天气一样秋高气爽，可惜裴伷先的出言不逊把她彻底激怒了，挥了挥手，立刻有武士扑上来，将裴伷先擒住。武则天下令杖刑一百，然后发落瀼州。裴伷先是自己把裤子脱下来让金瓜武士杖击屁股的，没揍几下，屁股就烂了。再揍几下，人也晕过去了。揍到九十八下时，裴伷先又悠悠醒了过来。

两次流放，大难不死

瀼州是今天的广西上思一带。从秦岭北麓的长安到岭南的瀼州，翻山涉水，路途迢迢，想一想都是一次折磨人的旅行，何况体无完肤的裴伷先。负责押解裴伷先的差役这一路随行也挺辛苦，他们不停地用铁尺驱赶驴车上的绿头苍蝇，裴伷先身上的肉烂了，脓水顺着车厢板滴答在路上，差役捂着鼻子说，太臭了。

人们说大难不死必有后福，裴伷先没有死，一直坚持到了瀼州。在瀼州的日子里，裴伷先养好了伤，还娶了媳妇，媳妇叫卢氏，也是流人的后代。他们还生了个男孩儿，取名叫裴愿。几年后，卢氏病死了，裴伷先睹物思人，没法在瀼州继续生活，就带着儿子偷偷潜回长安。依唐律规定，流刑钦犯需在配所设籍，终身不得返乡。裴伷先又一次触犯了王法，也又一次被笞杖一百，流放去了新疆北庭。

新疆天山北麓有个吉木萨尔县，距离县城十二公里处，有一个国家级文物保护遗址，这就是当年裴伷先被流放的北庭都护府。一千三百年前，伤痕累累的裴伷先出现在这块苍凉的土地上。也是吉人天相，伤痕累累的裴伷先迎来了爱情的春天。北庭都护府城外驻扎着一支突厥族部落，部落首领可汗替女儿相中了裴伷先，嫁妆丰盛，黄金马牛羊，部落能拿出什么，几乎在嫁妆里都能找得到，数目也相当可观。

裴伷先天生有陶朱之才，他利用给官营马场养马的机会，做了一名相马师。后来又组建起一个大大的商团，轰轰烈烈做起了边贸生意。五年间，资财已达数千万。有了钱就可以豢养家丁食客，投靠裴伷先的门客难以计数。从京城到北庭，所经之处，大都有他安插的眼线，朝廷有什么风吹草动，用不了几天，就被他打听到了。

当时有个担任七品补缺小官的李秦授，也想往上爬一爬，就给武则天出馊主意，说陛下自登极以来，诛杀过不少李氏大臣，他们的家人亲族大都流放在边远地区，如果这些人图谋不轨，聚众造反，将会危及江山社稷。近来民间流传着一句谶语是“代武者刘”，刘非刘，而是流也，那些流放之徒是国家的隐患啊。

武则天茅塞顿开，说李秦授是老天爷授予她的心腹知己啊。武则天是个雷厉风行的女人，她迅速派出十个敕使，分十路奔赴边塞去安慰流放人员，说是安慰，其实就是捕杀。裴伷先的眼线很快就把京城的消息传递过来，裴伷先带着老婆娃娃，八十匹驮着金银财帛的牲口，还有宾客家僮林林总总三百来号人，浩浩荡荡地开始出逃。不想造化弄人，裴伷先的马队迷路了，跑来跑去最后被北庭都护府的官兵活捉了。

天下事总是令人难以捉摸。裴伷先并没有被使者杀害，原因是都护府忘记把他的名字上报给使者了。后来，武则天为了搪塞天下，借口使者误解了她的本意，又下旨把十路使者都斩杀掉了，那个出馊主意的李秦授也被处以流刑，发配到岭南的穷山恶水去了。裴伷先躲过一劫，留下性命，终于等到了武则天退位，李显重新当上李唐皇帝的那一天，冤案获得平反，回到长安重新做官。

第七节　乱世良臣裴谞

前面我们有一节讲了唐代闻喜裴氏族人中以廉明清正、刚直不阿、执法如山而名垂青史的裴宽。这裴宽多个子女中最出名并继承了他品德的，是长子裴谞。裴谞，字士明，从小勤奋好学，成年后考中官位，起初任河南参军事，累迁至京兆仓曹参军，由于虢王李巨的表荐，又调为襄、邓营田判官等职。裴谞一生为人清明豁达，举止潇洒。《新唐书》和《旧唐书》都有《裴谞传》。相传，唐代宗广德元年，吐蕃入寇，兵临长安。当时代宗皇帝避难到了陕州（河南陕县），满朝文武四处藏匿，六军逃散，唯有裴谞带上印鉴徒步奔赴皇帝行营护驾。唐代宗感叹说："疾风知劲草，裴谞果然大堪信任。"动乱后，皇上提升他为河东盐铁使，以后又让他改任左司郎中，并多次征询他关于政事的意见。由于元载的忌恨，裴谞外调虔州（江西赣县）刺史，历饶（江西鄱阳）、庐（安徽合肥）、亳（安徽亳县）三州刺史。晚年的裴谞，官做到太子宾客、兵部侍郎、河南尹等职，七十五岁去世。

"安史之乱"渡难关

裴谞小时候很喜欢父亲裴宽紫色官服上佩戴的金鱼袋，父亲不让摸，严肃地说："皇上夸我是'德比代云布，心如晋水清'，你想要金鱼袋，长大以后就做一个比爹都清廉的好官，皇上自然会赐予你金鱼袋的。"裴谞记住了父亲的话。

天宝十四年腊月，裴谞在洛阳家中替父亲守孝。忽然有一天，家人风风火火从门外跑回，说："不好了，安禄山打到东都了，城里人都往城外逃呢。"裴谞心里咯噔一下，他知道这个安禄山，父亲裴宽就是被安禄山从范阳节度使位子上挤走的。不等裴谞说什么，裴府上下已经乱作一团，裴谞直摇头说："安禄山鼠目寸光，背信弃义，别看他来势汹汹，终究成不了气候！"

不管裴谞怎么摇头，安寇将至，不躲不行。裴家是东都城内首屈一指的大户，裴宽弟兄八个，都是朝廷命官，他们建在洛阳的宅院几乎把一条街都占了，曲径通幽，房舍连云。每至饭点，需要击鼓通知，过的是那种闾阎扑地、钟鸣鼎食的富贵日子，一旦举家外逃，其规模不可小觑，裴谞最头痛这个。

此时，洛阳郊外，许多从黄河边儿退下来的官兵慌不择路地向西向南逃去，他们狼狈的样子让裴谞不能不为大唐命运忧心忡忡。家里人问他朝哪个方向逃，他指了指西边，他想安禄山气势再凶，也未必能够攻陷京城。

天上的太阳白晃晃的，逃难的人群践踏起的尘土渐渐把太阳都遮蔽了。没等他们走过潼关，有消息传来，京城失陷了，他们只好转向西南方向的秦岭，直至进入了素有“八山一水一分田”的商洛山区，才暂停脚步。山高皇帝远，一些消息过了很长时间才传进山里，比如前几天听说安禄山称帝了，国号燕国，没过几天，又听人说安禄山死了，是让一个小太监用刀捅死的，又过了些日子，说郭子仪要收复长安了……

事实上，裴谞在天宝十四年到至德二年间，只能用耳朵倾听安史之乱对大唐王朝的毁灭性摧残。这一年十月，随着广平郡王李俶所率的唐朝大军逐步收复失地，裴谞在作别故乡两年后，回到洛阳的老宅。以往膏粱锦绣的富贵之家，如今只剩下空荡荡的一些宅院了。每到饭点，再没有击鼓的烦琐程序，餐桌上的饭菜虽不至于朝齑暮盐，也简单多了。对家道的中落，裴谞不感到惋惜，而对战后的中原，他尤感痛惜。

又过了两年，也就是唐肃宗乾元二年，降将史思明故伎重演，自立为王，国号大燕，自称应天皇帝。九月间，叛军进占洛阳，史思明派人从山中“请”回裴谞。一见面，素昧平生的史思明伸出双臂迎接裴谞，说：“裴郎君，可把你给找回来了，大燕王朝百废待兴，需要像郎君这样的人才啊！”

裴谞觉得史思明称他为郎君太肉麻，便问，你我互不相识，何以称我为郎君？史思明拍着裴谞的肩膀说，郎君有所不知，当年令尊大人在范阳做官，朕是他的下属，他待朕不错，朕是个懂得感恩的人，只要你肯替朕出力，想要什么官，朕就封你什么官。裴谞不言，他不愿做史思明的伪官。但史思明自认为是天子，天子无戏言，裴谞是不能拒绝的。这样，裴谞就成了大燕国的御史中丞。但他这个御史中丞很少过问御史中丞的事务，而是乐于从屠刀下解救那些将要被诛杀的李唐宗亲。为此，险些让史思明“大义灭亲”。

心系老百姓

安史之乱平息后，裴谞被唐代宗授予太子中允，数年后，又任命他回老家当河东租庸盐铁使。据《资治通鉴》记载，唐代宗广德二年，关中虫蝗、霖雨，米斗千余钱；次年，是春不雨，米斗千钱。但是，那个时代，民间疾苦很少能传达到皇宫的。

有一天，唐代宗召见回京城办事的裴谞，问裴谞：“今年朝廷征收的酒税有多少？”

裴谞十分讶异，他觉得皇帝所言太离谱了，自古民为贵，社稷次之，君为轻，而当今皇帝不问民之疾苦，却开口便问国家盈利多少。

唐代宗见裴谞没有回答他，又追问了一句。

裴谞就说："臣从河东而来，走了三百里路，见到的乡野一片荒芜，现在都立夏了，庄稼还没有下种，百姓秋天又该吃什么呀。我以为陛下看到臣，第一句必定要问灾民情况。"

唐代宗不禁哑然，继而满含愧疚地说："裴卿说得对，不是你，我真的听不到民间的声音。"因为这个原因，裴谞升任左司郎中。

接着发生的一件事让朝中大臣莫不对裴谞另眼相看。建中元年十月，唐代宗的丧事接近尾声，但依据惯例，全国百姓不得操办任何喜庆活动。裴谞却向刚刚继位的唐德宗举报了功高盖世、权力极大的汾阳王郭子仪，说老郭家的下人在家里私自宰羊呢。

虽然德宗没有把这件事放在心上，但在当时的朝臣中却引起不小轰动，许多人都说裴谞小题大做，更不需因一件小事得罪汾阳王。裴谞不这么看，他说汾阳王郭子仪位高权重，有人会说他党羽众多会危及皇上的江山，我揭发他，说明朝堂之上并非都是他的人，对上我尽了为臣之道，对下则呵护了忠臣的安全。

裴谞岁终七十五岁。临终前，儿子问他，有什么事情需要交代的？裴谞想了想说，当初你爷爷让我做个清官，说皇上会赐予我金鱼袋的，可皇上没有给我金鱼袋，说明我还做得不够好，你替我努力啊！

第八节　英年早逝的才子唐朝裴济

距离闻喜县裴柏村不远，有个叫凤凰垣的地方，这里墓冢累累，埋葬着三百九十七位裴氏先人，其中有两位先祖的名字都叫裴济，一个在唐朝，一个在北宋，尽管时代不同，他们留给后人的，却是流淌于家族血脉中的秉持正义与刚直不阿。唐朝裴济，字庄，官至河南少尹，四十岁即辞世。

年轻失父母早当家

唐玄宗在位时，有两个重要的时间节点，一是开元，二是天宝。开元盛世是唐玄宗励精图治的鼎盛时期，所以名垂青史；天宝后期是唐王朝走向没落的开端，悲壮而凄凉。就在凄凉的北风打着呼哨掠过京城长安近似虚假的市井繁华时，优雅的太学里，来了一个少年叫裴济。这个裴济比前面说到的那个裴济早一个朝代。

在唐朝，太学是属于五品以上官员子弟的学习场所。可见，裴济的家境在他年少时并不错。太学的课程无非是儒学经典，还有律学、书学、算学等，从这里走出去的生员，日后成为朝廷栋梁之材的几率很大；而能够进入太学的，又多是出类拔萃的精英。教授过裴济的几个先生，到老仍记得少年裴济是多么的杰出，他写的一篇文章，堪称前无古人后无来者，语法精练简约，劲健新奇；题旨远奥高古，道尽人间真谛；无论遣词造句，还是命意构思，莫不云霞雕色，尽善尽美，被当时的国子祭酒称为“如春林琼枝，草木贲华”。

裴济的少年时代很快就结束了，他的父亲和母亲，就像约好了一样，在他二十岁的时候相继离开人世。高堂仙逝，给裴济留下的除了家里的冷锅冷灶，再就是三个年幼的弟弟——裴澄、裴润、裴泾。那时的裴澄、裴泾还没有显露出刺史之才，那时的裴润也没有彰显出司直之能，他们都还是些孩子，大哥裴济的辛苦在他们眼中还没有形成深刻的认识，他们只知道，大哥除了自己不停地攻读诗书，还要给他们兄弟三个做饭洗衣，还要兼顾他们的学业，还要为柴米油盐犯愁。

“漠漠复溶溶，乘春任所从。映林初展叶，触石未成峰。”在《全唐诗》里，有一首题为《春云》的诗，是多年以后，已经由国子司业升为苏州刺史的裴澄写的。表面看，裴澄是借春日闲云抒怀初到苏州的感悟，但他内心深处，想的却是英年早逝的大哥裴济。

大哥裴济娶的媳妇是太子宾客、陇西李翼的长女。大嫂出身名门，对他们兄弟三个也情同手足。在大嫂过门之后，他们身上的衣服就是大嫂一针一线缝就的。

衷心为主

在大唐，来瑱是个有争议的人。他在平息安史之乱中战功卓著，安禄山部下一提来瑱，就浑身发颤。来瑱在颍川城墙上射箭，只要在他射程内，叛军士兵无不应弦而倒，他们称来瑱为“来嚼铁”。唐肃宗和唐代宗都害怕来瑱居功自傲，架空朝廷，于是，都想方设法要除掉他，肃宗没有达到目的，而最终，来瑱也未能逃脱代宗皇帝下诏赐死。

还在来瑱做襄州刺史时，他很看重裴济，表奏裴济为襄州参军事，后任功曹掾。曾有个下级官员来府衙告状，说地方上有个赖皮把他的官印夺走了。裴济觉得好笑，你身为朝廷的官员，竟然把官印让人抢走了，你这么窝囊还怎么替百姓主持公道啊？想归想，他还是派人把那个赖皮捉来了。赖皮家里有钱，亲戚又在朝廷做官，比来瑱的官衔都大，在襄州没有人敢惹这个赖皮，见了裴济也不下跪。裴济却不吃他那套，该打板子就打板子，该羁押就羁押，没用几日，赖皮服软了。来瑱听说这事后，直夸自己慧眼识珠。

等到来瑱事发后，曾受他恩惠过的门吏、朋友，一个个溜之大吉，连他的尸体都无人敢收。后来是裴济和一个叫殷亮的人，为来瑱收尸并厚葬的。这事可以看出裴济的忠心，他的为人得到宰相李勉的赏识，后来他做中军中宪，就是李勉提拔的。

裴济到河南任少尹时候，有个二千石的官吏贪赃枉法，怙恶不悛，几乎成了当地一霸，受这个贪官欺负的老百姓都不敢来府衙告他，知道告不赢。裴济多次向上级呈报，要求罢黜那人的官衔。官官相护的体制，没能让裴济如愿，他干脆辞官不做，回家种地去了。

裴济仅活了四十岁。他干干净净来到世上，清清白白离开这个世界。

第九节　一片忧伤到天涯的诗人裴夷直

唐朝是中国诗歌发展的顶峰，无数的天才般的诗人横空出世，璀璨了大唐帝国的星空。人们在诗情画意里或为五斗米折腰，或为坎坷命运呐喊，或在异乡的土地上遥望故乡的月亏月圆。闻喜裴氏族人中有位叫裴夷直的，就是中晚唐著名的诗人。

耿直的诗人官员

裴夷直，字礼卿，河东闻喜裴氏族人，生于贞元三年卒于大中十三年，享年七十三岁，擢进士第。唐文宗时，历任右拾遗、吏部员外郎，迁中书舍人。唐武宗即位后，裴夷直出使杭州，做驩州司户参军。到了唐宣宗初，出任江州、华州等地刺史，最后的官职是散骑常侍。《全唐诗》收录裴夷直诗一卷，最有影响的一首是《献岁书情》："白发添双鬓，空宫又一年。音书鸿不到，梦寐兔空悬。地远星辰侧，天高雨露偏。圣期知有感，云海漫相连。"

从上面的介绍中能够看出，裴夷直是个诗人，正如许多唐代诗人一样，他还是个做官的诗人。一边做官，一边写诗，多么浪漫的一件事，但在裴夷直看来，一点都不浪漫，甚至还有说不清道不明的忧伤和怅惘，官场把他满腹经纶的才情厚厚地包裹起来。

有一年，朝廷下旨，凡国家的有功之臣，均可享受一子赐授五品的恩惠。政策一出，朝野为之轰动，不管有功无功的官员，都想分得一杯羹，打擦边球者不计其数。太子太保张茂昭因平定王承宗叛乱有功，也在赐官之列，他的几个儿子，要么官过五品，要么年龄太小，但他又不想让这个指标作废，想来想去，就想到了自己的外甥。他满以为这样的诉求不会引来别人的非议，却不想，时任吏部员外郎的裴夷直向皇上唐文宗谏言：国之政策不容有半点更改，张茂昭投机取巧，以外族远亲冒名顶替，有违朝廷律法，理当禁止。

皇上认为裴夷直说得在理，就把他的意见纳入到律令中了。好在张茂昭是个豁达之人，并没有计较裴夷直。这样，反倒让裴夷直觉得对不住张茂昭。

唐朝的宫廷，总是隐藏着重重杀机和风险。唐文宗做了十四年傀儡皇帝，临死都不能把皇位传承给他所册封的太子。唐武宗李炎不是唐文宗的儿子，而是他的弟弟。武宗取代太子登基，完全仰仗了宦官的势力，也就显得名不正言不顺了。新帝登基，需要尚书、中书和门下三省官员联合署名，时任中书舍人的裴夷直看了看宦官手里捧着的传位册牒，狠狠地冷笑两声，他没有在上面签字，他觉得这个新皇帝来路不正。有因必有果，等到唐武宗即位后，就很自然地把裴夷直下放到杭州当刺史去了。“江南列郡，余杭为大”，杭州刺史毕竟是个美差，这样的安排仍不合武宗心意，第二年，索性把这个招人讨厌的裴夷直远远打发去了驩州。驩州也叫欢州，在今天的越南北部。

被发配到南国的忧郁生活

“久喜房廊接，今成道路赊。明朝回首处，此地是天涯。”裴夷直就是这么一步一步走向天涯尽处的驩州，他忧国忧民的心境，也在渐渐变冷；他写诗的笔尖就变得苦涩了，迷茫了。

在驩州做司户参军的裴夷直，整天郁郁寡欢。早晨洗脸的时候，他总要对着注满清水的铜脸盆发呆，不知不觉，两鬓已染白霜，不要说远在老家的父母亲了，即便是京城的消息，也不是那么容易听到的。裴夷直在驩州度过五年时光。他走遍了驩州每一个瘴气丛生的地方，特别流连那座云锁雾裹的崇山。他试图寻访当年被尧帝放逐到崇山来的“四罪”之一的驩兜，他认为，驩兜一定会留下什么可凭瞻仰的蛛丝马迹，但裴夷直什么都没有找到，他找到的只是一年又一年，一代又一代，不断往这里放逐的戴罪之人的叹息与绝望。

“地尽炎荒瘴海头，圣朝今又放驩兜。交州已在南天外，更过交州四五州。”只要想起驩兜，裴夷直胸中积郁的愤懑就会减轻不少。他记得在京城做右拾遗时，被贬官任桂州观察使的刘栖楚，要去蓝田县访友，裴夷直一向与刘栖楚要好，决定陪朋友走一趟。这一趟走下来，却惹来了麻烦。从长安去蓝田八十里路，差不多四个多时辰，一来一去就必须赶夜路。裴夷直把刘栖楚送到蓝田的馆驿，天色不早了，刘栖楚要留他过夜，他也就应允了。第二天返回京城，一封举报信先裴夷直一步，已经送达监察御史，说他违反官例，未经许可，私自在蓝田馆驿留宿一夜。处理结果是罚没一月俸禄。裴夷直又好气又好笑，这官当的，连在馆驿住一夜都不允许。

某一天黎明时分，秋风乍起，裴夷直临窗望着一钩残月，忽然想起故乡，想起将来的归宿，不禁病入愁肠，于是赋诗一首：“索索凉风满枝头，破窗残月五更秋。病身归处吴江上，一寸心中万里愁。”

就是在驩州，裴夷直把满腹委屈化作满纸驿动的诗行，却不愿在笔尖下，流露出哪怕一点点对朝廷昏聩的失望和抱怨，这也是他的人生悲剧。“天海相连无尽处，梦魂来往尚应难。谁言南海无霜雪，试向愁人两鬓看。”裴夷直把对家国的忧患，就这样丝丝入扣地融入纸张里，融入自己未老先衰的容貌里，那种隐藏于内心的刻骨的痛，没有人能够理解，也无人可以替代。

五年后，武宗驾崩，宣宗继位，裴夷直才奉诏回京，结束了在南国驩州五年的流放日子，但耿直的性格并没有改变。

第十节 命运多舛的裴说

晚唐时期传奇诗人裴说，也是闻喜裴氏族人，出生在桂州(今广西桂林)。自幼勤奋攻读，至京城多年，每年均以历年所作五言诗十九首投于各显要门下，以求赏识。直到唐哀帝天祐三年丙寅科状元及第，与曹松、王贞白、诗僧贯休、处默为友。天祐四年，天下大乱，裴说见升迁无望，即携家眷南下。唐朝灭亡，他在后梁为官，累迁补缺，最终做到礼部员外郎。因战火波及，裴说再向家乡逃难，不久，在旅途中死去。

裴说与弟裴谐皆有诗名，诗风近贾岛，苦吟有奇诗。《全唐诗》有存诗数首。裴说为诗讲究苦吟炼意，追求新奇，又工书法，以行草知名。

离乱中成长

今江西南昌有座逍遥山，是个风水宝地，道家称这里是第四十福地，说是当年许真君修道成仙的地方。到了唐僖宗与唐昭宗年间，这里从天南地北涌来许多逃难的百姓，他们操着各式各样的方言，拖家带口，在山谷里寻找能够栖身的旮旯山洞，过了一段时间大家才安静下来，该读书的读书，该种地的种地，该做生意的做生意。这些人中间，有年届花甲的诗僧贯休，有六十岁依然是个应试秀才的曹松，还有写出“读书不觉已春深，一寸光阴一寸金”的才子王贞白，另外还有个年仅七岁、跟着父母从桂州避乱而来的小孩裴说，竟然写出“避乱一身多”这样厚实沧桑的佳句。贯休说：“这娃娃可惜了，早生二百年，就是第二个王子安，生不逢时哪！”

贯休成了裴说的老师。贯休的记忆力超强，据说他日读经书千字，过目不忘，还画得一手好画。裴说在贯休那里学到很多东西，特别是做人的道理。

裴说毕竟是个孩子，孩子就有无穷无尽的想象力，除了读书写字，他一次次流连在“洪崖先生”炼丹的“丹井”旁，想象着仙风道骨的“洪崖先生”是怎样跨着毛驴，从枫树尖上腾云而去的。

遇伯乐状元及第

裴说在离乱中一天天长大，后来走出了逍遥山。他从江南走到江北，从江北走到东都，又从东都走到长安。他行走的过程中，国家发生了许多变故，有时皇帝被人从长安赶跑了，有时又被人从外地拽回来，皇帝过的日子不比裴说好多少，即使这么身不由己，唐昭宗或是唐哀宗，都没有把科举考试给忘掉。每隔三年的春暖花开季节，礼部都要举行春闱选士。举子们有金榜题名的，也有名落孙山的，在孙山之后，年年都有一个落榜的书生裴说。别人落榜是因为疏庸愚钝，是因为才思枯竭，是因为受不得头悬梁锥刺股的十年寒窗苦，拿不出一篇像样的诗赋；唯有这个裴说让人哑然失笑，他投考的诗赋总是固定的十九首五言诗，标题都懒得变一变，连新瓶装旧酒都算不上。场场如此，主考都看腻了，说这个裴说八成是一根筋，要么脑子进水了，要么脑瓜让驴踢了，他除了这十九首，再不会写一首新作？

裴说的五言诗十九首慢慢变成春闱场外人人提及的笑话。有与裴说一同会考几次的举子就劝他，多写几首新诗应该不是什么难事，你哪怕换个题目也行，总不能老拿旧作敷衍主考大人吧？

裴说一边摆手一边摇头：“你有所不知啊，这十九首是我辛辛苦苦写出来的，可谓一字一珠，却没有人能够赏识它，我何苦再用新诗取悦主考呢？举世皆浊我独清，众人皆醉我独醒，有志无时，命也奈何?”

有一次住店，裴说没有银子，要欠下以后一次给，却被店家赶了出来。店家说：“你这人真不厚道，上一次的店钱还没给呢，这次又来打白条，就你这德行，下一次科考也中不了。”

天祐三年，恰逢薛廷珪出任尚书左丞那一年，担任主考，丙寅科春闱，他看过裴说的试卷后只说了一个字，好。然后就用朱笔在试卷背面左下角画了六个圈。等到殿试传胪，裴说一举拔得头筹，为殿试第一甲第一名，也就是状元。接着是十字披红双插花，夸官三日，按当时的说法叫“大魁天下”。那个把裴说赶出客栈的店家不知听谁说裴说中状元了，不光不要银子了，还在自家客栈的门楣上挂了一块书有“进士第”的匾，逢人就说，裴状元是住了他的客栈才独占鳌头的。以后，每到春闱，举子们都慕名前来投宿，生意火得不得了。

从那一年的那一天开始，裴说的诗稿一下成了秀才们的“抢手货”，大家争相传抄他的十九首五言诗，一时洛阳纸贵。在灞陵桥头，在曲江池边，在朱雀街口，在慈恩寺里，到处有人议论裴说的诗和裴说这个人。有人说：“裴状元写诗，非奇思妙构而不展纸，非意表琢炼而不举笔，真有郊寒岛瘦之风范啊!”

裴说在状元府的书案上走笔如游龙，写下一首诗：“数朵欲倾城，安同桃李荣。未尝贫处见，不似地中生。此物疑无价，当春独有名。游蜂与蝴蝶，来往自多情。”他觉得这些人真好笑，落魄时，说三道四，得意时，巴结逢迎，这就是世道人心啊。

不做伪官

裴说是个命苦之人，刚刚授命礼部员外郎，官位还没有坐热，相国朱全忠就取代唐哀帝在金祥殿称帝了，称为后梁国。裴说心里很不舒服，自古尊臣不事二主，他把得之不易的官服穿上又脱下，脱下又穿上，总觉得自己不是个正经官，是个伪官。

在一个雪后的清晨，裴说忽然想起老师贯休，他一边想一边低吟：“忆昔与吾师，山中静论时。总无方是法，难得始为诗。冻犬眠干叶，饥禽啄病梨。他年白莲社，犹许重相期。”

没多久，后梁新皇登殿，有礼部尚书呈奏，礼部员外郎裴说举家外迁，不辞而别。原来裴说实在不愿意做伪官，悄无声息地带着家人离开长安了。

第十一节　精忠之节传千古的裴约

河东闻喜裴氏族人中，高官大将比比皆是，但是，有一位叫裴约的大将，生活在五代十国时期，为了守城，年仅三十六岁就捐躯了，成为裴氏族人中被传颂的英雄之一。史书记载，裴约，字元俭，晚唐时宰相裴彦先之子，性格刚烈，曾当过丹阳太守。五代时期为后唐大将，为庄宗李存勖困守泽州城，被后梁军破城而杀害。

无力安葬主帅

现在的河北省正定县在一千一百年前的五代后唐，称为镇州，是后唐的北都。在它还没有成为北都之前，是梁朝成德军节度使的领地。节度使叫张文礼，胆特别小，当他听说后唐庄宗李存勖的大军逼近镇州时，竟给吓死了。他的儿子张处瑾不像他那样懦弱，打开城门，杀将出去，把劳师袭远的后唐军队打得落荒而走。没几天，李存勖又派来一支军队讨伐，带兵的叫李嗣昭，是昭义军节度使，裴约作为偏将随军作战。李嗣昭生就是个帅才，一生中打过数不清的仗，败少胜多。这一次，李嗣昭同样是轻而易举地攻入了镇州城。在良将面前，张处瑾的部下不堪一击，仅剩下五个人躲在一堵破墙后面负隅顽抗。李嗣昭勒住战马的缰绳，正打算让弓箭手把藏在墙后的敌人清理干净，忽然额头一震，一支利箭穿透他的头盔，头部受伤血糊了一脸。不远处的裴约看见主帅被流箭所伤，立刻尖叫起来，还没等他跳下马去接，却见李嗣昭把额头上的那支箭又拔了出来，搭在弓弦上，一箭射出去，然后才啊呀一声栽下马。

李嗣昭死了，是战死的。当裴约守护着李嗣昭的灵柩翻过太行山时，庄宗李存勖的诏书也到了，李存勖要李嗣昭的几个儿子一同扶丧去后唐都城太原。裴约就命人去潞州把李嗣昭的几个儿子请来。李嗣昭有六个儿子，老大李继俦老实厚道，遇事没什么主意，老二李继韬生来就是个无赖，他把诏书一撕两半，冲着他带来的几千名牙兵恶狠狠地说：“我爹为他李存勖东征西讨，最后把老命都给弄丢了，他李存勖不亲自来吊孝，凭什么还要指手画脚？回潞州！”

裴约认为不妥，皇上的旨意怎么能随便违抗呢？何况李存勖一定有好的计划，可能是回到太原，举国为李嗣昭治丧也未尝不可。但李继韬不听他的规劝，硬是把李嗣昭的尸体运回到老家潞州，裴约只得跟着。

李嗣昭的尸体运回潞州后并没有马上下葬。裴约想找李继俦商量一下发丧的事情，有人却悄悄告诉他，老大让老二关起来了。裴约一听就急了，这是唱的哪一出嘛，又不是太子争位，相煎何太急。他去找李继韬理论，着重想理论两件事，一是为什么要兄弟反目成仇？二是为什么不让李嗣昭入土为安？见了穿着孝服的李继韬，还没等裴约开口，李继韬就抢先把他的嘴给堵上了：“我们老李家的事用不着你插手，我爹在世时，待你也不薄，你好生做事，我也不会亏待你。至于我爹的丧事吗，先别急，老人家死得冤，我得替他报仇啊！”报仇？找谁报仇？找死掉的张文礼还是张处瑾？裴约想着想着，忽然不寒而栗。

时隔不久，庄宗李存勖下旨封李继韬为安义军兵马留后。裴约发现，李继韬对这个官衔表现得极其冷淡，就像他从口袋里摸出来，又给自己戴上一样，感觉全无。裴约忽然有种不祥的预感，他开始警惕李嗣昭的这几个儿子了。

但李继韬没有让裴约在潞州多待几天，很快就打发他去泽州做牙将去了。

英勇抗敌捐躯

牙将又称牙门将，其实就是泽州的城防长官，手下有五千来人，上面还有牙军主帅，主帅上面就是安义军兵马留后李继韬。

几天来，裴约心事重重，他叮嘱驻守城楼的官兵，密切注意洛阳方向的动静。已经有人向他透露，李继韬想要投靠梁朝，曾多次派幕客魏琢和牙将申蒙秘密渡河南下。消息来得很突兀，裴约心里不住地打鼓，李嗣昭的儿子怎么这么不省心呢？站在城楼上，裴约越过起起伏伏的平川和山梁，眺望着潞州方向的云端，那里乌云一片。

令裴约担心的事情到底还是发生了。李继韬有个弟弟叫李继远，年少轻狂，带了百十来个骑兵投奔梁朝了。梁朝很快就投桃报李，派大将董璋来接应李继韬，梁军的帐篷就扎在泽州城南。

七月酷暑，裴约站在燥热异常的城墙上，面对着城墙下的官兵和百姓痛哭流涕地说："我跟随昭义军节度使已经多年了，在猗氏大败王珙，在泽州大败丁会，在太原逼退梁军，在望都救庄宗突围于契丹，哪一次不是出生入死？节度使还经常犒赏士兵，无非是想报梁朝灭唐之仇，可老英雄尸骨未寒，他的儿子就当了叛徒，我宁肯死在这里，也不会让他的阴谋得逞。"

董璋的大军把烈日下的泽州围得水泄不通。城外的箭矢雨点般射向城头，守城的士兵倒下一大片，城里的百姓也前赴后继地冲上城墙。他们看到牙将裴约命令打开城门，带着一哨牙军策马扬刀冲向敌营，奋力拼杀。裴约的肚子让对方的长矛挑开一道血口子，连白白红红的肠子都掉出来了，裴约把肠子往肚里一塞，从战袍上撕下一块布简单包扎了一下伤口，又杀向敌人……

消息传到太原，庄宗李存勖一面派遣北平王李绍斌火速增援泽州，一面对大臣们说："我没有亏待过李继韬，也没有厚待过裴约，可他们怎么就这么不一样呢？我不能因为一个小小的泽州，损失一位忠臣啊！"

李绍斌的五千轻骑是八月壬申日晚上出发的，路上马不停蹄走了三天四夜，到了第四天早晨，已经能够望见泽州的城楼了，路边庄稼地里有个锄草的老农对下马喝水的一个官兵说："你们是去救裴牙将的吧？晚了，人早死了，梁军把满城百姓都快杀光了。"

一百八十多年后的宋朝，有个叫王孝迪的礼部尚书，奏请宋徽宗在泽州为前朝的裴约建庙，取名叫旌忠祠，并追封裴约为忠烈侯。当时的牒文里这样写道："惟尔生于五季，仕专一心，崛然扰攘之间，奋以精忠之节。视彦章而克壮，配仁赡而用光。有司遗文，久稽典祀，锡之侯爵，贲以嘉名，岂惟慰一郡之心，实以垂千古之训。"

第十二节 裴志灏甘愿“丢官”

闻喜裴氏能够成为一门望族，影响深远，其中一个重要原因是有一部《河东裴氏新谱》传下来，主持编著这部《新谱》的叫裴志灏，其功不可没。

裴志灏，字汉友，号慎堂，清朝乾隆年间曲沃县张村乡大李村人，闻喜裴氏族人。曾经任安徽宁国府同知，分守宁国。他忠于职守，办事公道正派。在其管理旌德时，全椒、南陵等地受灾，所拨赈谷两万石，因道远未能速至，而灾民嗷嗷待哺，时不可耐。他面禀上司，拿出库存银两若干，就近买谷，应急救济灾民。因此事未经存案，为人所中伤，被罢职归家。他居家四十年，修族谱、立义学、施瞻田，善事颇多。尤其是主持编修《河东裴氏新谱》，为裴氏家族留下了一份珍贵的资料；同时，还主持在老家闻喜裴柏村修建起裴晋公祠，成为后代儿孙纪念前辈的良好场所。

靠智慧解决百年积案

裴志灏出任安徽宁国府同知的第二天，就有人把一份状子呈到他的案头，状子上写着："具禀宁国府王某等，禀为抹案朦详，叩恩核卷，檄饬委勘事。身等村后有祖山……大人垂情，恩准檄府勘讯公断，万民感戴上禀。"有个负责文案的小吏告诉裴志灏，这是一起久断未决的纠纷案，王姓一族与方姓一族为争一块山田，官司打了几百年，前朝时候就告来告去，谁都不服谁，本朝各级通判、知县也多有审理，王、方二姓却屡结屡翻，照告不误。吏目把历年来审理此案的禀状，知县的奏疏、饬令等一大摞公牍文书搬来给裴志灏看。

裴志灏大体翻了翻这些公牍文书，心里就有了底。他发现，这起案件虽然历时久远，各级同僚也多有公断，但是要么把山林判予王姓，要么判予方姓，而官司输掉的一方多有不服，每一任地方官员在决断案件时，大都以双方提交的契约及第三方证人为依据，缺乏至关重要的一环，就是实地勘察山林的方位与走访事发地群众。

裴志灏独自出了一趟城，他看到事发的山脚稻田旁坐着两个老人，他说他是新来的教谕，不了解当地的风俗民情，甚至连哪座山是哪个村的，又是哪户人家的都不清楚。两个老人相视而笑，一个说，不用说你这个外乡人了，就连我们当地人也断不清这个是非，老皇历了，翻不得。另一个说，这山哪，左半边种的是香榧，右半边长的是红豆杉，中间有一片混交林，有银杏，有金钱松。本来嘛，王家跟方家一分为二就最稳妥了，可当初他们的老祖宗埋界石埋得不是地方，前山的界石偏了王家，后山的界石偏了方家，整条线就走斜了，谁都不让谁，官司越打越糊涂了。裴志灏笑着说，这两家人也轴，前后山的界石往中间挪一挪，不就公道了？两个老人都笑，说不是轴，是仇在那儿摆着呢，哪回官司不得花钱？这一辈一辈算下来，两家人花掉的银子都快能又买一座山了，他们不是争输赢，而是在赌气呢。

回到城内，裴志灏就派人通知王、方两家来同知厅协商。他问王家的族长，能不能算得清因打官司祖祖辈辈花了多少冤枉银子？又说方家的族长，你们这么一条道走到黑，损人不利己呀。

裴志灏问案的方式让两家的族长都觉得新鲜，他们搞不清这个同知大人葫芦里卖的是什么药。裴志灏不是就事论事，而是撇开山林纠纷说为人处世的道理，说退一步天高地厚的讲究，说礼之用、和为贵的哲学。然后，裴志灏就给两姓族长讲了个故事，说的是圣祖年间，礼部尚书张敦复的家人和邻居因宅基地发生争执的事情，张敦复给家里人回信说："一纸书来只为墙，让他三尺又何妨。长城万里今犹在，不见当年秦始皇。"裴志灏说："想必大家都听说过这事儿，桐城离咱们这儿又不远，张尚书能劝家里人退让三尺，你们怎么不能呢？祖先留下来的产业是要你们丰衣足食，福荫子孙的，不是要你们结怨斗气，往里糟蹋银子的。你们前山的界石往左挪一挪，后山的界石往右挪一挪，把分界线取直溜了，心也就直溜了，心直溜了，气就顺了，气顺了，还有什么过不去的坎儿？冤家宜解不宜结呀！"

裴志灏说得苦口婆心，两家隔世的仇人也觉得一直争下去得不偿失，就在同知大人的主持下，对山林进行了重新勘量划界。裴志灏给界碑题了三个字：顺气石。有地方上的里正问裴志灏怎么不写化冤石呢？裴志灏瞪着眼说："何冤之有！"

回家做善事

官没做几年，裴志灏就因一件事把乌纱帽弄丢了。有一年，皖南大旱，尤以宁国府的全椒、南陵二县为最，五谷不登，人以树皮充饥。到后来，树皮也吃光了，就剩下吃人了。朝廷虽向灾区下拨了二万石赈灾粮，却因路途迢迢，迟迟未到。裴志灏知道粮食晚一天到，不知会饿死多少灾民，他狠一狠心，命人把征收上来的税课地丁银，改作去邻省买粮的费用，以解燃眉之急。灾民们算是安抚住了，后到的赈粮也入了官库，可裴志灏却被革职了，因为有人向朝廷举报他私自动用库银，朝廷自然要处分他。

二十岁做官，到二十五岁，裴志灏就赋闲了。他不愿意在伤心地多待，收拾简单行装，携带家眷回到老家山西曲沃大李村。由于几代做官，家境不错，不愁吃穿的裴志灏很快就成了颇有名望的乡贤。他们老裴家历代都有编撰家谱的传统，他在《裴氏世谱》的基础上，纂修了《河东裴氏新谱》，还在老家闻喜裴柏村主持修建了裴晋公祠，并为该祠购置土地六十亩，种植庄稼、瓜果，饲养牲畜，收入所得成为办学的经费来源。他的这些做法，在裴氏族人中很受赞扬，成为一段佳话。

本书共六话，编写者分别是杨占平（第一话）、冯军（第二话）、徐大为（第三话）、宁志荣（第四话）、陈克海（第五话）、黄风（第六话）